金魚倶楽部

Kingyo Club

椿ハナ

Hana Tsubaki

Contents

この学校には非公認の

金魚倶《く》楽《ら》部《ぶ》という

部員数2人だけの

とっても優しくて

とっても残酷な

秘密の部活があった。

Kingyo
金魚倶楽部
club

はじめに

金髪と呼ぶには甘くて、まるで茶髪にミルクをまぜたみたいな髪色で、
ゆるいくせ毛。無口で何を言ってもいつも上《うわ》の空。
彼の名前は、柊《ひいらぎ》ハル。

ボブの黒髪。暑いのより寒いのが好き。良く転び、忘れ物が多い。
彼女の名前は、春川《はるかわ》こと。

たった２人の部員しかいない、非公認の部活がこの学校にはある。
そして２人は、

金魚倶楽部所属です。

俺と後輩

それはちょっとだけ前の話であり、ちょっとだけ懐かしいものだった。

——丁度、２ヶ月前。
高校３年生という受験目前の学年に進級し、大分慌ただしさも消えてきた５月の半ば。
クラスは２年からの繰り上げなので代わり映えのないやつらばかりで。
緊張感のない雰囲気に、例にもれず俺《おれ》もだらだらとしていた。
「ハールー」
「…」
間延びした呼び方で近付いてきたのは、柳橋《やなはし》。
前髪をゴムで結び、馬鹿《ばか》丸出しこの上ない。見ているこっちが恥ずかしい。
「どうした、前髪が事件だぞ」
「可愛《かわい》いだろ。ひがむなって」
こんなに人の髪をむしりたいと思ったのは初めてだった。いや、違う、そうじゃなくて。
にやにやしている柳橋は、俺の肩をぐっと組んできた。暑苦しい。
「ハルさ、春川ことちゃんって知ってる？」
「…誰《だれ》」
「知らないんだやっぱ」
同じ学年にそんなやついたか？　眉根《まゆね》を寄せる俺に芝居がかった溜《た》め息を吐《つ》く柳橋がうざかった。
「１年の子だよ」

「はあ？　１年なんて知らねーし」
どうせろくでもない話題だと見切りをつけた俺は、軽く柳橋の腕を振り払ってごみ箱を手にした。
今は掃除の時間。教室掃除をしていた俺は鞄《かばん》をひっ掴《つか》み、ごみ捨てのあと直行で帰ってやろうと思った。
それを見抜いた柳橋はしつこく付きまとう。
「聞けよー！」
（うぜー…）
廊下を、ごみ袋をひきずりながら歩く俺。そして前髪が恥ずかしい柳橋。
「あ、ハルくんばいばーい」
「おー…」
名前も知らない女子２人に手を振られ、俺は至極面倒くささ丸出しで短い返事をした。
知らないやつに挨拶《あいさつ》をされても、なんとも、思えない。
これは俺が薄情なやつなんだろうけど、別にどうだって良かった。
「モテるよな、お前は」
「…知らない」
「なんでこんなけだるそうにしている男がいいのかねー」
何やら不満らしきものを呟《つぶや》く柳橋はおいといて、俺は焼却炉への近道に、廊下から中庭へ続く出入口を出る。
上履きのまま行くのはだめだが、履き替えるのは面倒なのでこの際校則は無視。
「…………、」
がさり、ごみ袋を落とした。また面倒なことになった。
そこには俺を見て固まる男女の姿があって。
それより。
（掃除の時間に告白、って）
ないだろ。思わず怪訝《けげん》な顔つきになっていたのか、慌てたように男のほうが俺から目を逸《そ》らした。
必然的に女のほうも逸らすかと思いきや、ぼんやりと俺を見つめて、苦笑いを浮かべた。
と。
「あ、ハル、ハルハルハル！」
「…、」
まだいたのかよ、こいつは。
後ろから俺の腕を引っ張る柳橋に、うざ過ぎて頭突きでもくらわそうかと思っていれば。
こそり、小声で。
「あの子だって、春川ことちゃん」
「…」
ちらり、再度視線を向けた先にいた女の子はもう俺のほうは向いてはおらず。
小さく会釈をして俺達とは反対側の校舎へ戻る出入口に姿を消した。
「…」
思えば、その時でさえ、彼女は出入口の前の段差でつまずいていた気がする。
それが、初めてことと会った日だった。

翌日にはもう忘れていて、眠気で死ぬほどだるい体を無理矢理起こして学校へと向かった。
再来週《さらいしゅう》には衣替えか、と、まだ初夏の訪れを少しも感じさせない空を見上げる。そのままいつものように玄関を通り、履き潰《つぶ》した上履きをひきずりながら職員室脇を通った。
と。
「………」
中庭が見える窓に胸騒ぎがして、立ち止まり、目をこらせば。

「昨日の……」
小さくて華奢《きゃしゃ》な体が、中庭の緑にまぎれていた。
気になったわけじゃなくて、ただ、視界に入ってきた“それ”に俺の眉根が寄る。
そして職員室から誰も出てこないことを確認すると、窓を開けて中庭へ飛び降りた。
そして、その子に近付くと、
「おい」
「っ」
びくり、大袈裟《おおげさ》なくらい跳ねた肩と、振り返った怯《おび》えたような顔。そして声を発したのが俺だと分かると、今度は困惑しながらも、会釈をした。
中庭には、掃除の時ぐらいしか使われない錆《さ》び付いた水道がある。
彼女はそこで、“それ”を洗っていた。
「…、落ちんの？」
「…。」
どうやら、気付かれてはいないと思っていたのか一瞬動きを止めたが、ワンテンポ遅れながらも苦笑いを浮かべ、ゆっくり首を左右へ振った。
「…」
彼女の手にあったのは、上履き。
気持ち悪いくらい鮮やかな赤でペイントされたそれは、明らかに悪質な仕業《しわざ》のものだ。
ペンキなんだろうか。彼女の白い手もうっすら赤く染めるそれに、俺は更に眉根が寄るのを感じた。
「先生に言えば…、って、言いたくないよな」
こくり、頷《うなず》いた少女はまた上履きを冷水で洗いはじめた。
良く見れば。彼女は土の上に敷かれたタイルに、靴下だけで立っていた。
いつも冷酷《れいこく》なくらい、そう、残酷なくらい、他人への興味がない俺だけど、彼女の痛々しい足元を見たら、体の奥から気持ち悪い何かが込み上がるのを感じた。
なんで、赤の他人に彼女はこんなことをされなきゃいけないんだろう。
家族だから許されるとか、そういうことを言っているんじゃない。
無性に、俺は、悔しくなった。
「…やめなよ」
冷水の中にさらされる白魚のように細く綺麗《きれい》な指先を、俺は咄嗟《とっさ》に掴んでいた。
不躾《ぶしつけ》な行動に、彼女は一瞬驚いて震えた。
「落ちないって…、それは」
その言葉は多分、彼女を傷付けていたと思う。でも気遣いとか出来る男じゃあないから。ただただ苦笑いを浮かべる彼女を見ることしか出来なかった。
「…、」
きゅ、と。錆び付いた水道の蛇口を捻《ひね》り、流れ続ける水を止めた。
途端。
静まり返る中庭に、なんとなく彼女が緊張したような仕草《しぐさ》を見た。
「…」
ちらり、視界に入り込んでくる黒いソックスに包まれた足。
だめだ、なんだか、本当に苛立《いらだ》つ。
だから。
「っ…わ」
「ちょっと我慢して」
すくい上げるように彼女の膝裏《ひざ》と背中に腕を回して、抱き上げた。
本当に柄じゃない。今まで誰にもしたことがなかったくらいの献身的行為。ドラマや漫画《まんが》みたいだが、咄嗟にやってしまったもんだからひっ込みがつかない。
まあ、後悔はない。
その時初めて彼女は俺の前で声を出したように思う。

ふわり、と。言動からも感じ取れる、彼女の穏やかさを象徴しているような声が俺の鼓膜を叩《たた》いた。
「せ、んぱい…！」
「はいはい」
しょうがないので少し離れた校舎に続くドアのほうへ歩く。
手は塞《ふさ》がっているので片足で開ければ、登校してきたであろう廊下を歩くやつらは意味不明そうに目を見開いて俺達を見ていた。
彼女は恥ずかしそうにするかと思いきや俺の胸ぐらを掴《つか》み、焦ったように睫毛《まつげ》を震わせながら言った。
「だめです、先輩」
「何が」
「私、本当に嫌われてますから、あの…」
俺から目を背けると、胸ぐらから手を離した。
無言のままに見下ろす俺に彼女は。
「何か言われますよ」
「誰に」
「………私を嫌っている、人、とか」
早く下ろして欲しいと。彼女の顔は、はっきりと意思表示していた。廊下を通る生徒達は、珍しく一緒にいる俺達へ好奇の視線を向けてくる。
一階は、彼女の学年の教室がある。だからそこでは目立つ行動をしたくないし、そのせいで俺に何か迷惑がかかることを嫌がっているんだろう。
「…」
でも、俺はあえて彼女の意思を無視した。
ぴたぴた、と彼女の手にある上履きからは薄く赤い色をした水がたれている。
「クラス、どこ」
「…え？　意味が」
「だから、クラス何組」

何度も問いかけることに無駄な労力を使いたくないのに、答えようとしない彼女に苛立ち、俺は１つ舌打ちをした。すると、少し不機嫌そうに眉根を寄せる彼女。
「おい」
「え？　あ、はい」
近くを通るイヤホンをしている男を呼び止める。そして俺と彼女を見て、何事かと一歩後ろに下がる。
あー…、面倒。この間が、面倒。
不機嫌な俺は、小さく暴れる彼女を押さえ込みながら、ちょっと顔をのけ反らせつつ。
「こいつのクラス、分かんだろ」
「あ、春川さんなら……、４組です」
「ありがと」
よいしょ、と。もう１度抱え直して俺は４組へ向かって歩きはじめた。
俺が１年の時、偶然にも４組だったから迷わずに向かう。
黄色い声がする中、何人か俺の名前を呼んで挨拶してくるが、完全無視。うざい。
腕の中にいる彼女は、真《ま》っ青《さお》な顔をしてなるべく俺に触れぬような体勢をするから落としそうになる。
こいつ、名前…………ああ、あれだ。
「春川」
「…、」
びっくりしたような顔で見上げられ、気にならなかった至近距離をこのタイミングで感じてしまった。
「……おとなしくしとけ」
そう言って騒がしい廊下を進んだ。

しばらく歩いて、俺は４組と書かれたプレートのある教室に入った。

と。
ざわついていた教室は、水を打ったように静まり返る。
それは彼女が最も恐れていたことらしく、目は異常なくらい恐怖で震えていた。
「……席、どこ」
聞けば「窓側の１番後ろです」と。聞き取れないくらいの小さな声で言った。
俺は彼女をそこまで連れていくと、椅子《いす》へとゆっくり下ろしてやった。
こそこそ、と口々に何かを語る周りに俺は苛立ち、舌打ち。
「お前、靴ないだろ」
「…だいじょ、ぶ、です」
「…冷えるだろ」
溜め息を吐き出し、俺は自分の靴を脱いだ。周りが面白そうにそれを見ているのが気にくわないが、今は彼女のことが優先だ。
「ほら」
「…………な、に」
「とりあえず、履いとけば」
俺は自分の上履きを差し出した。いや、差し出したなんて優しくないかも。ぶっきらぼうに投げ捨てたそれを見たあと、すぐに俺を見上げた彼女。
学年ごとに決められた色で彼女のものとは異なるブルーのラインが入るそれは、彼女にはあまりにも大き過ぎた。
「先輩、」
ぎゅ、と。胸が詰まりそうなくらい申しわけなさそうな声色《こわいろ》で俺を呼んだ彼女。少し土で汚れた足に履かせる。そこまでやってる俺は母親かよ。
デカ過ぎるそれは、履くというよりも彼女の小さな足にひっかかっていると言ったほうが正しくて、思わず笑ってしまった。
「ちっせ」

そう言うと、春川はあの苦笑いを見せた。それを見たら、さっきまで理由も分からずに渦巻いていた気持ち悪い感情も、全部、どっかにいった。
「……、そっちの靴よこせよ」
「え？　でもこれ…」
「ん」
彼女は恐々《こわごわ》その靴を差し出した。俺はそれを受け取り、くるりと黒板のほうへ体を向けて立ち上がる。
びくり、何人かが予想外の俺の行動に驚いていたが。それさえもうざくて目を細めながら、一直線に進む。
「…」
そして、黒板の下にあったごみ箱へ。
ガっ！と、不吉な音を出しながら、赤く赤く染まった上履きを投げ捨てた。
「あー…、うぜ…」
小さく呟くと、本物の静けさと呼ぶべき沈黙が教室を支配した。
振り返り、俺は真っすぐに春川を見つめた。
「３年の、柊ハル。じゃーな」
それだけ言って、教室をあとにした。
自分の教室に向かう階段では、もしかしたらこれがきっかけで彼女へのいじめがエスカレートするんじゃないか、とか。そんなもやもやとした感情が渦巻いて。
今思うと軽率過ぎる俺の行動に、次第に足は重くなっていった。

自分の教室に着く前に、化粧の濃い女が近付いてきた。
「ハルちゃーん、見たよー？　何、あの子。彼女じゃないよね？」
「あ…？」
「人助け？　まじ優し過ぎハルちゃん！」
けらけら笑いながら肩を触ってくる女は、人工的な香りをキツく漂わせるもんだから思わず顔を背けた。
名前も知らないし、関《かか》わりたいとも思わない女。
春川とこいつは、何故《なぜ》こんなにも違うんだ。
きっとこいつが春川みたいな立場だとしても、俺は抱きかかえてやるつもりは、毛頭ない。
「なんかうざいんだけど、あの１年」
「…ああ、うざい」
「ウケるし。ハルちゃんもうざがってんじゃん」
笑う女を、感情のこもらない目で見た。
「お前が、うざい」
ぴたり、笑った顔が固まる。滑稽《こっけい》だ。
見覚えもない顔に、馴《な》れ馴れしい態度はあまりにも俺を不愉快にさせた。
「なあ、お前、誰？」
少し大きめな声で言ってやれば、そいつはカアと顔を赤らめて俺から離れた。
知らないやつに侮辱されることに反論したくなるほど、春川の存在は、俺には“他人”じゃなくなっていた。
「春川は、俺の大切な後輩だよ」
それだけ言って、また歩き出した。誰にもばれないようにと、春川が上履きを洗っていた中庭の水道が、窓から見下ろした場所に佇《たたず》んでいた。
それを見ると、不思議と胃が痛むような感覚がした。

それから２日経《た》った、昼休み。
「柊、呼ばれてんぞ」
「…おー」
柳橋と過ごしていた俺に、クラスメイトは張り上げるまではいかないまでも、喧騒に消されぬ程度に、そう言った。
柳橋はにやり、楽しそうに笑う。

「やっだ告白？」
「気色悪い」
好奇心からか、立ち上がる俺についてくる柳橋。言っても無駄なのは経験上知ってるので、そのまま前のドアへ向かった。
と。
そこに立っていたのは。
春川ことだった。
「……」
２日前といえど、俺は彼女にとって不利になるような行動をしてしまったわけで。怒鳴られるかな、とか思っていた。
が、
「柊先輩」
「………」
「これ、ありがとうございました」
差し出されたのは、高校生には似つかわしくない大人っぽいブランドのショップ袋。どうやら中には俺の上履きが入っているらしい。
頭を下げると同時にサラリ、と春川の黒髪が揺れたのが妙に印象的だった。
そのやりとりに声を発したのは、柳橋だった。
「知り合い!?」
「あー…、まあ色々」
「聞いてねぇし！」
うるせーなー…。びっくりする春川に無視していいからと伝えつつ、その紙袋を受け取った。
「は？　何それ、………上履き？」
「…」
柳橋はすぐに合点がいったように、声高らかに言う。
「お前そういえば、靴なくてスリッパで過ごした日があ…」

「うるせー、って」
思わず足を蹴《け》れば、柳橋はやっと黙った。本当に空気を読まない馬鹿だ。
「っ、暴力……」
恨めしそうに睨《にら》む柳橋は本当に今度こそ無視するとして。俺はぽかん、と俺と柳橋を見上げて呆然《ぼうぜん》とする春川に視線を移した。
ぱちぱち、と睫毛が揺れて、俺をしっかりと見つめた春川。
「…この前は、ごめん」
「……？」
「春川のこと考えないで、なんか…、変なことしたし」
言葉がうまくまとまらず、相当頭が悪そうな言い方になってしまってその場で心が折れた。
そんな俺が珍しいのか。柳橋はさっきのようにからかうこともなく、静かに、だがしかしにやにやしながら見守っていた。
「…私、自慢じゃないんですが。週２で上履きがなくなっていたんです」
「…、」
「でも」
ふわり、笑った春川。ちょっと照れくさそうに、目尻《めじり》を下げて微笑《ほほえ》む表情。俺は首の後ろがチリ、と熱くなるのを感じた。
「２日前から、ちゃんとあります」
その後輩は、それが日常だとは気付かずに、毎朝自分の下駄《げた》箱に上履きがあることが嬉《うれ》しいと、俺に言った。
——その時彼女を抱きしめたいと思った俺は、後《のち》にそれが愛情だと知る。

その日からだった。
春川ことと俺は、すれ違えば挨拶もするし、自販機前で会えばじゃんけんで負けたほうが奢《おご》るくらいの仲にはなった。
つまり。後輩の中でも春川はかなり俺と親しい人物へと位置づけられたのだった。
基本的に周りの目は、３年間のうちに俺のことを何に対しても無関心な男だと頭に刻み付けていたらしく、俺から春川に挨拶するさまは、何人かの目をひいた。
そう、“何人か”の。

春川へのいじめが続いていたのは知っていたが、何が原因なのかは分からず。まあ、同学年にしか分からない独特の雰囲気にも似たようなものがそうさせる、理由なきいじめなのかとも思っていた。
だから。中身の入っていない鞄を持って、俺はサッカーをしながらはしゃぐ柳橋を校舎の陰から見ていた。あいつはサッカー部だ。あ、また前髪…、恥ずかしいって。
俺はパックのカフェオレを飲みながら、ぼんやり校庭を駆け回り砂埃《すなぼこり》をたてる男達を眺めた。
後ろは壁。丁度ここはグラウンド側に位置する教室の壁。
そういや。ここは４組じゃなかったっけ。
だらだらと上半身だけ後ろに向け、窓から中を覗《のぞ》き込んだ。
日差しの強い外から一気に薄暗い教室内へ視線を走らせるが、思うように視界がはっきりせず目を細めてしまった。
と。
「…………あ？」
良く良く見れば、女子が黒板のほうで何かしていた。落書きでもしているかと思えば。
その中心には、白く細い、あの少女。
一瞬、典型的過ぎるいじめの光景を目《ま》の当たりにして溜め息を吐くのさえも忘れてしまった。だが、すぐに窓に手をかけようと立ち上がった。
面倒。何が面倒って、“穏便に話をすすめること”が面倒だ。決して春川を庇《かば》うことが面倒なわけではなかった。

それはもう、無意識だったんだけど。
「…」
窓に手をかけようとして、俺は動きを止めた。
中から聞こえたくぐもった声。外の柳橋達が騒ぐクリアな声。春川の無表情。
変な緊張が、背中を伝った。
“柊先輩”。
３人いるうちの１人の口から、確実にそう、もれた。
聞き違うわけない。俺の、名前だ。
「ねえ、あんたさ、３年の柊先輩に媚《こ》び売ってんでしょ？」
「さすが、ママそっくりじゃん」
「思ったー！　ウケる！　うちらにも教えてよ」
「技とかあんの？　ねえ、なんか言えば？」
ママ、ってなんだ？　意味が分からなかったが、俺は安易な考えを導いていた。
春川の母親がいじめについて学校に申し立てでもしたんだろうか。なんのことだか納得はいかないものの、それ以上は気にすることもなく。
今度こそ、鍵《かぎ》が開いたままの窓を勢い良く開けた。勢いが良過ぎて半分ほど戻ってしまったのを、今度はゆっくり開ける。
格好悪い気がしないでもないが、まあ、いいか。
「春川ー」
え？という顔でこっちを振り返った３人と、見られた、というあからさまな顔をした春川。
窓枠に顔を乗せたものの、言うことを何も考えてなかった。
「今、帰り？」
「…」
「アイス奢ってやるから、こっち来い」
そう言えば。春川はまた困ったように笑って、するりと３人の間から抜

け出して鞄を片手にすると、
「はい」
そう言って、笑った。
窓からこちらへ来ようとする春川は、ライトグレーのスカートがめくれそうになっているのを気にも止めずに窓枠に足をかけるもんだから、俺のほうが狼狽《うろた》えた。
「下着見えるぞ」
「え」
そう言った途端。崩れたように俺のほうへ倒れた春川を、一応男である俺はカフェオレを投げ捨てて抱き留める。
そのまま謝り続ける春川を無事着地させ、窓を閉めようと手をかけると、中から向けられる視線に気付いた。
「…お前ら、陸上部？」
ちらり、白いシャツから透けるユニフォームにそう言えば、お互いに目を合わせていた。
「陸上部の３年って、怖いよな」
あー…、だるい。早くアイス食べたい。
ようやく俺の言いたいことが分かったらしい３人は、複雑な表情で黙っていた。
「春川に何かあったら、先に俺に言ってくれる？」
ばいばい、と。
窓を閉めると、春川は「すみません」と頭を下げた。
「どうでもいいからアイス食べにいくぞ」
「先に下駄箱行ってもいいですか」
「…」
彼女の足元は、真新しい上履きのままだった。

俺と後輩と異変

それから３日後。春川は昼休みに俺のところへ来た。珍しいことだと思った俺。

いくら仲良くなったといえど、春川は先輩後輩という部分をきちんとわきまえているやつで、必要以上にこちらに踏み込むことはしないから。

「どーした」

まさかいじめが悪化したんだろうか、と考えつつ、廊下の窓から春川へ視線を移した。

やはり他学年の存在は珍しいらしく、にやにやしながら挨拶したりするやつのせいで春川はますます小さくなった。

「…、ちょっと自販機付き合って」

こくり、困ったように笑い、頷いた春川。階段を下りて、体育館の目の前にある普段はあまり使われない自販機へ向かう。

「何か飲む？」

「いいです…」

「んー…、じゃあカフェオレで」

自販機のカフェオレのボタンを連打すると、パックのカフェオレが２つ落ちてきた。

屈《かが》み込み、取り出すと、外気に触れてすぐにパックの周りに水滴をしたたらせている。

「一緒な」

「一緒…、はい」

ふわり、あまりに嬉しそうに笑うから照れてストローをさし間違ったじゃんか。

カフェオレを摂取しつつ、２人で日陰にある段差へ腰を下ろした。
吸い上げる糖分の塊は着実に俺の腹にたまって、メタボへの道を歩んでいそうで怖い。
と。
春川が遠慮がちに言葉を発した。
「先輩、私、ちょっと変なところありませんか？」
「…」
カフェオレを飲みながら春川を見れば、真剣な目。
「今日は髪の分け目がちょっとズレてんな」
「あの……」
言っていることが違うのは分かってるけど、見た目も雰囲気も何か変化があったとは感じなかった。
「どうかしたの」
「………いえ、なんか風邪をひいたのかもしれません」
「…、そっか」
苦笑いを浮かべる春川に、俺はその時何も言ってやらなかったんだ。
今じゃ、それこそ“死ぬほど”後悔している。

次の日の３時間目。俺はだる過ぎるという理由で勝手に休憩。
屋上は鍵がかかっていて勿論《もちろん》開いていないので、ゆらゆら階段を歩いたり、体育館裏をさ迷ったりと。うろうろと徘徊《はいかい》していた。
と。
体育館裏辺りで、授業の行われていない離れにある美術室の中に人影を見た。
「あ」
がらり、窓を開けると、その小さな背中が振り向いた。
「せ、んぱい」
「おー」

そこにいたのはジャージ姿の春川だった。
１番小さいサイズを着ているはずなのに大きく見えるジャージに春川の細さを確認出来る。ちゃんと食ってんのかな。
遠慮なく窓から入ってみた。
「お邪魔します」
「あ、いらっしゃいませ」
そのまま春川から少し離れた席に座ると、ひんやりとした緊張感漂う空間に２人の息遣いが響いた。
「サボりですか？」
「お前こそ」
「休憩ですよ」
「まさに俺もだ」
春川はくすくすと小さく笑うと、俺を見た。まるで悪戯《いたずら》に成功した子供みたいな楽しそうな顔で。
「じゃあサボりじゃないですね」
「当たり前だ」
美術室の静か過ぎる空間がいけないのか。なんか、俺は無性に春川の笑顔に、焦りに似た感覚を覚えた。
見ていたいけど、このまま見ていたら多分、俺はじわりと低温火傷《やけど》みたいになるんじゃないか。
ああもう、分からない。そろりと窓の外へ、不自然にならないように視線を移した。
と。
春川は言葉を続けた。
「柊先輩」
「ん？」
ちらりと春川を見ると、黒目がちな瞳《ひとみ》が俺を捉《とら》えていた。
とくん、と。静かに反応する心臓が憎らしい。

「柊先輩は、モテますよね」
「…」
否定しようとも思ったが、それをさせまいというように春川が続けて口を開いた。
「今日、柊先輩の噂《うわさ》聞きました」
「何」
「なんとか先輩が柊先輩に告白した、とか。なんとかちゃんが柊先輩を好きだ、とか」
なんてコメントしづらい話題を持ち出すんだ、この後輩は。
しばらく考えるふりをして、俺は春川のほうを向いた。
「七不思議的なやつだ、それ」
「…七不思議ではないですよね」
「的なやつって付け足しただろ」
「的な、って…」
「意味が分かりません」と言う春川に、今度こそ俺は溜め息。こういう話題は、嫌いなんだ。
「たまたまだよ。別にモテない」
「そうなんですか」
「…」
何か含みがあるような声で言った春川を見ると、大きなテーブルに腕を乗せ、そこに疑うような顔をおいていた。
信用してないな、こいつ。
「反抗期か」
「終わりました」
「第二反抗期か」
「違います」
しばらく見つめ合っていたが、結局俺が負けて、先に視線を流した。心臓に悪いんだよな、あの目。

と。
俺は話題を逸らすように、言葉を探した。
あー…、と口ごもっているうちに、ふと先日の会話を思い出す。
その記憶の端に飛び付き、言葉にした。
「風邪は大丈夫？」
「え、あー…、はい」
また困ったように笑った春川に、なんとなく違和感を覚えて、眉根を寄せてしまった。
それを見た春川はゆっくり俯《うつむ》く。
「まだ体調悪いなら無理すんなよ」
「大丈夫です」
「…嘘《うそ》だろ」
「嘘じゃないです」
あまりにこちらを見ないので、席を移動して春川の真ん前に座ってやった。
小さく息をのむ春川は、弾けたように顔を上げた。
「つうか、頭痛いとかは？　ないの？」
「………でも、大したことないです」
「他にどこだよ」
「…少し、吐き気と…」
と言ったので、当然それに続く言葉があるのだろうと待っていたが。春川からそれっきり言葉は出なくなってしまった。
無情にも、チャイムが鳴り響く。
「…」
「行きましょう、先輩」
小さく笑う春川に、無理をするなという意味で頭を撫《な》でてやった。

それから、しばらく経った日だったと思う。

それこそ１週間ほど、学年の違う春川とはすれ違うことさえなくて。気にはなりつつも、不精な俺は自分の行動範囲以外へとわざわざ向かうことはしなかった。
だが、放課後。
いつものように柳橋がサッカーをやりに校庭へ駆け出したのを見送った俺は、思いついたように春川の教室へ向かった。
もう帰ったかな、あいつ。放課後だし特に用事がなければ帰るよな。
小さな期待と、小さな諦《あきら》め。両方を背負いながら、俺はミルクティーを吸い出すストローをかじった。
「…」
３組、と書いてある教室の中間を通った時だっただろうか。
「――、――…………、――、」
「…ん？」
何か音？　いや、声、か？　随分小さいが、聞き覚えのあるそれが教室からもれていた。
カラリ、軽い音をたてて開くドア。驚きで振り返った春川の髪が、西日に反射した。
「ひ、いらぎ先輩…？」
「しばらくぶり」
「…あ、はい」
どうも、と頭を下げる春川に、土産《みやげ》であるアップルジュースを投げた。
綺麗な弧を描《えが》き、春川の手におさまったパック。
「う、わ！」
「お土産」
ふわり、笑う春川につられて情けなく笑う俺。内心、こんな顔を柳橋に見られたら馬鹿にされんだろーなと思いつつ。
春川が座っている席の、横に腰を下ろした。
「懐かしー」

「先輩も４組だったんですよね」
「おー」
ぐるりと周りを見つめ、ふと気付いた。春川に向き直れば、それは確信に変わる。
「俺、ここの席だった」
「そうなんですか？」
「今座って、なんか、思い出した」
前は今と変わらず柳橋。隣の席は誰だったか…。
横を見れば、春川。
「時間差で、隣の席ですね」
「そーだな」
なんとなく勿体《もったい》なくて、思い出すのはやめた。
「１年かー…」
「柊先輩はどんな１年生でしたか？」
「毎日寝てた」
「今と変わりませんね」
小さく笑う春川にちらりと視線を向けつつも、安心する俺。この前の違和感は杞憂《きゆう》であったかと思ったら肩の力も抜けた。
パックにストローをさし、中身を吸い上げる春川の横顔はいつもより幼い。髪の毛まで口に入りそうなので、指先で耳にかけてやった。
と。
「……」
「………」
びくり、驚いたらしい春川は目を丸くして弾けたように俺のほうを見た。
俺は思わず髪に触れていた手を空中に放《ほう》り出し、間抜けに固まる。
「い、…今」
「悪い」
「いえ、ただ、あの……驚いただけ、です」

「…」
じわりじわり、と。言葉を発するごとに頬を赤く染める春川に、俺はつい吹き出した。
不可抗力だ、そんなの。我慢出来ないだろ。
「顔、真っ赤《まっか》」
「……暑いんですよ」
「はいはい」
照れ隠しにジュースを飲む春川だけど、まだ、赤い。
まだおさまりきらない笑みをなんとか噛《か》み殺しながら、視線だけで教室内を見渡す。
壁に張り出されたプロフィールがまだ真新しさを感じさせ、俺達の教室の受験対策や模擬面接シートで埋まった壁よりはるかに好感が持てた。
がたりと音をたて、椅子から立ち上がって壁に貼《は》られたプロフィールから春川の名前を探し出す。
ワンテンポ遅れて俺の目的に気付いたらしい春川は、大袈裟なくらい音をたてながら椅子から転がるように立ち上がった。
「見なくていいです…！」
「は、は、は………、あ、あった春川こと」
「別人です!!!!」
「春川こと、誕生日３月３日、趣味はー…」
「読まないで下さい！」
春川の頭に手をおき、ばたばた本気で暴れる春川を遠ざけながら、続けて読み上げた。
「趣味は散歩、特技はバタフライ」
「あの、………お願いですから」
あまりに弱々しい声に笑ってしまった。恥ずかしいのか耳まで真っ赤にする春川。趣味が散歩って。面白いプロフィールの最後には、家族構成。
「家族構成は―――…」

俺の笑みが、消えた。
家族構成。
そう書かれた下の書き込み欄には、ただ一言。
“なし”。
「…、なし…」
「…」
春川はいつの間にか暴れるのをやめていて、俺はそんな春川からゆっくりと手を離した。
「…」
「…」
俺は、自分が嫌いだ。
こんな時になんて声をかければいいかも、どう謝っていいかも、どれもわからない無知な情けないやつだ。
ああ、春川が泣いたりしたら、俺はどうやって泣きやませればいいかも知らないんだった。
と。
「…柊先輩は、聞かないんですね」
「…聞いて欲しかった？」
「いえ………、聞いて欲しい気持ちと欲しくない気持ちが、喧嘩《けんか》してます」
困ったように笑う春川に、俺は表情を変えられずにただただ視線を向けていた。
ちょっと俺を見上げた春川は。
「柊先輩には、聞いて欲しいです」
そう言ったと同時に、校庭から誰かの笑い声が響いた。

教室の壁に2人で背中を預け、お世辞にも綺麗とは言い難い床に座る。
遠くのほうで、柳橋が騒ぐ声が聞こえた。

シン、と静まり返った教室に、俺と、春川。
「ありがちな話なんですが」
「…」
相槌《あいづち》の代わりに、春川の瞳を覗き込む。綺麗な黒曜石《こくようせき》のような瞳に、俺の顔がうつり込むことが不思議。
「母は、いるんです」
少し空いて。
「ただ、母親と呼ぶことをどうしても躊躇《ためら》ってしまうんです」
残り少ないジュースのパックを揺らす春川は、また困ったように笑った。
「母親は未婚で私を産みました」
また少し空いて。
「それは仕方のないことだったと聞きます」
春川の小さな声が、耳にゆっくり、入る。
空になった俺の手にあるパックの軽さが、どうしようもなく情けない。
まるで俺だ。
「母親は、料亭で、芸子《げいこ》と呼べるかは分かりませんが、その類《たぐ》いのことをしてました。一身上の都合で高校中退、そんな17かそこらの母に声をかけた人がいて」
ありがちですねー、と笑う春川になんとなく、笑うことも相槌を打つことも出来なかった。
「まあ母は家から逃げ出したいと思ってたらしく、その人に依存して私を身篭《みごも》ったんです」
「……」
「誰、とは言いませんが、相手はある業界の上の人で、最後は母がお金を弁護士から渡されて、終わりです」
「………」
「ね、つまらない話ですよね」
俺のほうを向いた春川は。

「…泣くなよ」
「泣いて、ません」
「腹がたつなら、怒ればいい」
「………誰に…？」
「俺に」
ぽろり、と。泣くものかと必死に目をキツく細めていた春川の瞳から、綺麗なそれが落ちた。
俺は春川の頭を撫でてやる。柔らかい髪からは、ふわりとシャンプーの匂《にお》いが香った。
「恥ずかしい……です、私」
「…」
「“自分の生まれた状況”が、恥ずかしい…」
春川の頭を撫でながら、俺はこの前の、陸上部の女子に囲まれていた春川を思い出していた。
ママそっくり、と言って蔑《さげす》むように罵詈雑言《ばりぞうごん》を浴びせられていたのはこの事情から来ていたのだろうか。
どこから、とは知れないが。そういう噂はすぐに広まることを、現代の高校生は知っている。
「…恥ずかしがることなんか、ないだろ」
「恥ずかしいです、だって……いらないって言われたんですよ」
「…安易なことは言えないけど」
うまく言葉がまとまらない。どうしようかと春川の項垂《うなだ》れる後頭部を見下ろした。
「いらないなんて言うやつは、お前のほうから捨てろ」
「…え？」
何を言っているか理解出来ない春川は、ぽかんとした様子で瞳を俺に向けた。
「今ここで、お前も親なんかいらないって、親を捨ててみたらいい」

「………」
「分からないけど、そう言ったら少しは、楽になるかもしれない」
「けど」
「…うん」
「親のことをいらない、って言ったら、誰を求めたらいいですか？」
じわじわ、また涙の膜がはってくる。どうしたって俺は春川を泣かせるらしい。
「学校で嫌われて、親からいらないって言われて、私はどこに居場所を見付けたらいいですか？」
ぽろりと頬《ほお》から滑り落ちた滴《しずく》が静かにスカートに染み込み、ダークグレーへと変色させた。
「…つくるか」
「は…、？」
「お前の、居場所」
ぐしゃり、パックを握り潰した。
「居場所なんて案外簡単につくれるの、知ってるか」
「…」
首を左右に振る春川。俺は体ごと春川を向くと、春川も俺のほうを向いて正座した。
「―――部活を、作るか」
また遠く遠く、外のほうで、柳橋が騒ぐ声が聞こえた。
静かな教室。埃っぽいそこ。冷たい床。
俺を見つめる、春川。

俺と後輩と居場所

朝と夜の真ん中、いつもと変わらない昼下がりに俺は体育館裏にある木陰に逃げ込んでいた。
「…」
手にはカルピスのパックがある。そんな俺の横におかれたまだ冷たい、苺《いちご》牛乳のパック……。
「先輩」
「…ん」
にっこりしながらスカートをはためかせて現れたのは、春川こと。
昨日の話の延長線で部活発足のための会議を計画して、こうして集まったのだ。俺のお気に入りの場所で。
「ちゃんと来たご褒美」
「わ！　苺牛乳だ！」
どうやら春川は苺牛乳が好きらしい。次からは苺牛乳にしておこうと頭の中にメモした。
静かに俺の横に腰かけた春川は、すぐにストローをさし込むとうっすらピンクが透けるそれを飲み込んだ。
「…、一口ちょーだい」
「一口ですよ」
春川があまりにも美味《おい》しそうに飲むから、触発されて、春川の手に握られたままのパックから吸い出す。
が。
やはり甘過ぎるだけなので、カルピスで流し込んだ。
「あー…、眠い」
「今日の夕飯なんだろ…」

「…」
「…」
「…」
「…」
静かだ。申しわけ程度においてあるベンチに腰かける俺と春川だったが、日差しプラス午後ということで眠気に襲われた。
と。
「あ、だめですだめです。先輩、部活の話をしないと」
「あー…、そうだな」
仰ぎ見ていた紺碧《こんぺき》の空から視線を春川に移す。色白の頬がうっすら桃色に染まるのが、酷《ひど》く可愛らしかった。
「はい、柊先輩」
「春川さんどーぞ」
「部活には最低５人必要なんですが」
「…、」
失念。そういえばそんな規則があったかもしれない。規則と違反の境目をつねに探して生きているような俺には、今まで適用されてなかった。
「…そーだなー…」
「……」
純粋な期待を孕《はら》んだ視線を俺に向ける春川。
ふわりと風が、２人の間を通り抜けた。
「…非公認で、いいじゃん」
「非公認…、ですか？」
「そ」
カルピスを流し込み、春川に笑ってみせる。風で揺れる前髪がうるさくてちょっと目を細めている。
だから、ゆっくりその前髪をはらってやれば。照れたように春川は下を向いた。

「つまりは」
「はい」
「春川がいられて、俺もいられる、そんな場所があればいいだけ」
ゆっくり、空を見上げた春川。口にはストロー。さっきから甘いカルピスが香る。
「なるほど」
「活動内容は……、アイスを食べる」
「眠る、も入れて下さい」
「じゃあ、眠る」
ゆるゆるとした決してテンポがいいとは言い難い会話が空気に浮かぶ。
それでも、春川は笑っていて。俺もそれが安心出来て。
学年だとか、性別だとか、偏見だとか、そんなの気にしない、ただ春川が戻ってこれる場所をつくれればいいと思った。
「秘密の部活だな」
「先輩と私の秘密ですね」
空が青いことを、こんなに綺麗だと思う俺はおかしいだろうか。
あまりの穏やかさにまどろんでいると、どこかフィルターがかかったように予鈴が鳴ったのを脳がなんとなく認識した。
だが、動かない俺と春川。
「…何か聞こえたか？」
「…いえ」
「俺もだ」
やり過ごすことにした。夏が近付いているらしい。カッターシャツが肌に少し張り付くような感覚と、日差しの強さ。
華奢で小さいから暑さには弱そうな春川を、ちらりと見た。
「…そういやさ」
「はい」
どうでもいいんだけど。昨日のことでふと思い出した。

日陰で首を傾《かし》げる春川が、驚くほど大人に見えたのは眠気のせいか、分からない。
「教室で何か言ってなかった？　お前」
「え、………」
「廊下でお前の声が聞こえたから」
あくびをこぼしながらそう言うと、何故か春川は困ったように笑った。
小さく小さく、握られた拳《こぶし》に、その時俺は、気付けなかった。
「え、と……、まあ、恥ずかしながら英文の練習してました」
「ああ、なるほど」
「柊先輩は、英語得意ですか」
「いや、数学のほうが得意」
それも羨《うらや》ましいです、と笑う春川の横顔を見て、内心驚いた。
そういえば、こいつは可愛い顔をしていたんだった。どこか浮き世離れしたような、目をひく容姿と雰囲気を合わせ持っている。
陶器のような白い肌に、黒髪でふわりとしたボブ。良く見れば、目元は酷く大人っぽかった。
「…どうかしました？」
「…別に」
見つめ過ぎたらしく、照れた春川は小さく笑ってまた眠たそうに空を見上げた。
「お前さ、初めて会った時、告白されてなかった？」
「あー…、そうでしたね」
「モテるんだ」
「からかわないで下さい」
ちょっと小声ではありつつも、ふて腐れたように反論をこぼす春川に笑いがもれた。
「からかってないって」
「顔があからさまに笑ってますよ」

「思い出し笑い」
「嘘だ……」
唇を僅《わず》かに不機嫌そうにすると、背もたれに盛大に体を預けた春川。
ちらり、視線を向けると、観念したように言葉を発しはじめた。
「同じクラスの子で、周りに乗せられて告白したみたいな感じでした」
「ふーん」
「…、」
恥ずかしいのか小さく肩を縮こまらせ、頬をじわりと赤くする春川。
俺の学年では、こういう子はいない。
皆一様にメイクという大人の技を覚え、知らなくてもいいルールと背伸びを知り、素直さをダサいと認識する。
どこかで、分かってはいる。そうすることがイキがり以外の何物でもない、と。
だが周りと違うことで、いじめの対象になるほど馬鹿ではない。だから、皆現状維持。
「…春川は、可愛いよ」
空を見上げながら、俺は何の気なしにそう呟いていた。
きょとん、としたあと。春川は困ったように紅潮する頬を、顔ごと手の甲で隠すようにする。
顔の下半分が手の甲で隠れながらも、春川はか細い声を上げた。
「どうしたらいいんですか…」
「っはは、真っ赤」
「っ」
睨むような視線に、また笑ってしまう。
すると、話題をすり替えるように春川は早口でその先を紡ぎ出した。
「でも柊先輩の周り、綺麗な人ばっかりですよね」
「そーか?」
「はい」

ふわり、笑う春川に本気で首を傾げた。無意識のうちに、春川を頭の中心におき、クラスの女子の顔を手当たり次第に思い浮かべるが、当然の如《ごと》くほぼ顔を思い出せず、失敗に終わる。
「…分からん」
「柊先輩らしいですね」
小さく困ったように微笑む春川に、やはり春川は可愛いと言いかけたが、
「っ」
今更気付いた。俺の首裏に熱が集まり、言葉を詰まらせる。これじゃあ告白してるみたいじゃんか、俺。
春川に見付からぬように、俺は口元を手で覆って、上昇する熱を下げようと必死になる午後。

俺と後輩と現実

春川と別れて、すぐに教室へ向かった。
開けっぱなしのドアから教室へ入れば、素早く柳橋からの野次《やじ》が飛んだ。
「ハル、お前、またサボりかよ」
「まあちょっとな」
階段を上がったらだるい。もう帰ろうかな。なんでこの学校、最高学年の教室が三階なんだよ。敬えよ。
誰に、とも言えぬ文句を心の中で呟き、俺は机に突っ伏した。
と。
「は？　お前もしかして彼女でも出来た？」
まるで分かった！とでもいいたげな顔でそう言った柳橋に対し反論しようとした言葉は、俺とは違う高い声に阻まれた。
「そうなの？」
その声につられるように顔を向ければ、驚いたように立つすらりとした女。
ああ、なんだよ。
「木田《きた》か」
そこにいたのは、１年から同じクラスの木田。
ぱちぱち、と。何度かその瞳を瞼《まぶた》で隠す。
「待って、彼女出来たの？」
驚くようなこと、言ったっけ。目に見えて驚く木田に俺は一瞬考えるが、とりあえず首を振った。
「いや、違う」
「……なんだ」
びっくりした、と笑う木田。柳橋はまだ勘繰っているようで脇《わき》から言葉をぶつけてくる。うるさい、本当。
「なあ、じゃあなんで最近活発なんだよお前ー」
「活発、て……」
「だって年中動きたくないオーラを出すお前が、最近は自分からどっかにふらって行くじゃん」
「あー…」
思い浮かべた春川に、俺は気のない返事をした。確かにそう言われればそうなんだろうか。つうか考えるの疲れた。
ぼーっとしていると、柳橋からぎゃあぎゃあとまた騒ぎ立てる声が聞こえて眉根を寄せた。
「今どこ行ってきたんだよ！」
「うるさー……」
と。
視線を感じ、ふらりと顔を向ければ。
何故か木田が俺をジッと見ていた。
「…、え、何」
睨まれてんのかと思って、つい口から出た言葉。木田は慌てたように首を振る。
…まあ、いいけど。どうだって。
予鈴が鳴り、教室内は自然と個々の席に向かう生徒で騒がしさとは違う慌ただしさのようなものでいっぱいになる。
木田も例外ではなく、またねと言って１番前の席へと戻っていった。
そんな背中を見つめながら、柳橋は。
「…ハル」
「ん？」
「お前、さっきことちゃんとこ行ってただろ」
「…さーな」
先生が入ってきて、教室は午後特有のだらけた空気の中でも無理矢理授業を受けなければという雰囲気が見え隠れ。
柳橋は、にやにやしながら振り返った。
「“ジュース” 貢いでんの？」
「…」
がつん、とその椅子を蹴り上げてやった。
しまった。見られていたのか。次は体育館のほうの自販機で買ってやる。

「じゃー…、さっき言ったとこと58ページまでんとこはやっとけよ」
きりーつ、れーい、と。日直の凄《すさ》まじくやる気のない号令で終了した授業。
俺はだるさに舌打ちをして、どっかり椅子に腰かけた。やっぱり帰ろう、今日は。でも帰るのも面倒。だめだ…。
「ハールーくーん」
「…きもい」
振り返り、気色の悪い笑顔を見せる柳橋は、絶対にあの話題を出す気だと確信した。顔に書いてある。
「ことちゃんとどうなわけ」
「どう、って」
「なんだかんだで仲良いもんなー」
羨ましいと言葉では言わずとも、そう感じているのは声色で分かった。
俺を見つめる柳橋に、なんとなく、聞いてみる。
「…春川、って、可愛い？」
「は？　馬鹿、おま、…馬鹿！　可愛いだろ！」
「…………うん、だよな」
きもい、柳橋がいつも以上にきもい。春川について周りの認識は、やはり可愛いらしい。
あんまり気付かなかったな、と窓の外を見ながらぼんやり考えた。
と。

柳橋の声が俺へと向けられる。
「入試の時にちょっとした騒ぎになっただろ」
「……そうだっけ」
「ほら、あの、誘導係やったやつらがヤバい美少女を見かけたってやつ」
「…、」
ヤバい美少女、なんてどこぞのラブコメじゃないんだからありえないだろ。
そう思って春川を思い浮かべてみると、確かに美少女ではあるが、あのふわふわとした感じにはそこまで特異なものを感じはしなかった。
「で、入学式にその子がいたから皆教室まで見にいってたじゃん」
気付かなかった。むしろ本音を言えば、そういう類いのことには関わりたくないのが俺だ。
春川はそんなに騒ぐほどの美少女なのか、と思い出しながら、少し見付けるのが遅かったことに悔しさを覚える。
なんで悔しいかは、良く、分からない。

２日後の金曜日。柳橋は補習をサボり、サッカーをするためにグラウンドに駆けていった。やはり馬鹿はやることが違う、とその背中を見つめながら俺は自販機に向かう。
「…」
カフェオレの真下に、真っ赤なランプに照らし出された“売り切れ”の文字。絶望という言葉を身を以《もっ》て感じた。
仕方なく、ミルクティーを購入していれば。
「柊先輩」
「ん？」
振り返る前に、駆け寄る足音。その軽い音と、ふわりとした声に、すぐに誰だか分かってしまった。
だから。

「春川」
振り向きながら、そう名前を呼ぶ。ガコン、背後ではミルクティーが落下していた。
予想通り。春川は数メートル先からスカートを揺らし、俺に駆け寄ってくる。髪が風に揺れるその姿は、危なっかしい。
「ミルクティーでいい？」
「え、いや、」
ガコン。春川の返事を聞く前に、同じボタンに指先を乗せる。同じパックが落ちるのを見て、春川は困ったように笑った。
「あげる」
「わっ」
ぽとん、と春川の前に落とすと、必死に手を出してぎりぎりキャッチした春川。それを横目に笑いながらストローをさす。
「いつもすみません」
「いや大丈夫、それに…今から春川捜そうと思ってたし」
「そうなんですか」
一瞬意外そうな顔をしたものの、俺と同じようにパックにストローをさした春川はふわりと笑った。
「いただきます」
「ん」
「たまにはミルクティーも悪くない」口の中に広がる甘く濃い味に、そんな感想をもらした。
なんとなく、そのまま２人でぶらぶらと廊下を歩き出す。横に春川がちょこちょこついてくるもんだから歩調をゆるめると、照れたように笑う。なんか、猫に懐かれたみたいだな。
「美味しいですね」
「俺が買ったからな」
「味変わりませんよ」

「変わる変わる」
何度か春川が反論してくるが、スルーしてみた。

体育館のほうの自販機から、ふらふらと行く当てもなく歩く俺と春川。
「あ、これ部活動になるのかな」
「部員揃《そろ》ってるし、…なるんじゃないですか？」
「おー」
小動物のようにストローからちゅうちゅうミルクティーを吸い上げる春川を見下ろした。ぱちりと目が合う。
「また集まろうな」
「…はい」
ふわり、笑った春川。その顔を見たら、どくんと心臓がおかしなくらい存在を主張するから、思わず、
「…」
「え、わ！」
春川の頭をぐりぐりと撫でるふりをして、下を向かせた。なんだこれ。俺、馬鹿みたい。
「せ、んぱい…！」
「黙っとけ」
「虐待ですよ…！」
暴れる春川に、だんだんと笑ってしまって、俺は本気でじゃれていた。春川の表情が変わるのが、酷く可愛らしいと思ったり。
「ハル……？」
「…木田？」
そこには、委員会帰りなのかファイルと筆箱を胸に抱いたクラスメイトの木田。やはり遠目でもすらりとした細身が際立っている。
「…」
俺が少し訝《いぶか》しげに眉根を寄せると、小さく会釈をした木田に春川はゆっ

くりと頭を下げた。
木田の目が、俺に向けられて、顔が小さく歪《ゆが》んだ。
なんだよ。意味が、分からない。とりあえず、春川の頭に乗せた手で髪を乱した。
「後輩の、春川こと」
「先輩、待って下さい、髪、髪が…！」
真っ赤になる春川に笑ってやった。どうやら格好悪いとこを知らない人に見られることに抵抗があるようだ。よし、もっといじめよう。
「特技はバタフライだ」
「柊先輩…！」
本気で焦りはじめる春川は、俺の腕をぱしりと力なく叩いた。
痛くはないのに、「痛い」と言うと、申しわけなさそうにする騙《だま》されやすい春川。
嘘、と口パクで言えば。春川は、最悪なやつだと、口にはしないが俺を見上げたその顔にしっかりと書かれていた。
「…仲、いいんだね」
顔を上げると、にこやかに笑う木田がいた。そう見えるのか。新鮮な感想に内心、驚く。
「ハルがそんなふうに他人にかまうの珍しいよね」
「あー…、まあ」
「春川さん、って、あの“春川さん”でしょう？」
そう言った俺の頭には、柳橋の言葉がリピートされる。そういや、ヤバい美少女とかなんとか。
「……」
なんと言おうか思案する俺の視界に入った春川に、背筋がひやりとする感覚。
一切の表情を押し込めたようにして、ただただ真っすぐ、前を見つめる。だけど瞳の奥だけは、怖がって泣きそう、に、見える。

どうしていいか分からないけど、春川が嫌がっているのは明確だった。
「ね、春川さん。あなたでしょ、１年の…、」
木田は優しく、それこそ怖がらせぬように自分よりも小さな春川に小首を傾げて言葉を紡いだ。
それに、困ったように、笑った春川。
「ごめん、木田」
「え………、」
「俺達、部活中だから」
「ぶか、つ…？」
「うん。またな」
春川の手をひいて、木田の横を通り過ぎた。つんのめる春川は、なんとか体勢を持ち直して驚いたように顔を上げる。
後ろからは木田の、ちょっと焦ったような鋭い声。あー…、うるさい。
「部活って、何？」
廊下に響く声に振り向きはせず、片手をひらひらと振った。
横というより斜め下から見上げる春川の瞳に気付いて顔を向けた。
「いいんですか？」
「ん。いいよ」
「…」
心配そうにする春川を引っ張ったまま、俺はなんとなく４組に向かっていた。

「おー…、柳橋が見える」
窓際の席に腰かけグラウンドへ視界を向けると、前髪を振り乱してサッカーをする友人の激しい姿。ちょっと、直視出来ない。
と。
同じように座る春川は、未だ浮かない表情で時たま俺に視線をちらちらよこす。

「…」

それに応《こた》えるように、春川に顔を向けて見つめる。

「柊先輩……、」

「うん」

「さっきは…、すみません、でした」

「………何が」

それは予想とは違っていて。

正直何か怒られでもするのではと考えていたので、ずるりと肩から落ちたブレザーのジャケットが俺の心情を良く表していた。

それを肩にかけ直しながら、春川に首を傾げる。

すると。

春川はきゅう、とキツくスカートを握りしめて、背中を丸め、小さく小さく呟いた。

「面倒ですよね……」

「…」

「さっきの、あの女の先輩との雰囲気まで私が悪くしちゃって…」

「あのさ…、話、見えない…」

え？と弱り切った表情で見上げる春川に、俺は本気で眉根を寄せて理解不能だと伝えた。

「春川は何もしてないじゃん」

「で、も………」

言いづらそうにする春川に、若干混乱する。それほど自分は馬鹿ではないと思っていたがこれは本当に理解出来ない。どうしようか。

と。

「さっき、私のこと、先輩知ってたじゃないですか…」

どうやら状況が呑み込めない俺に、それを伝えようと順を追って言葉を並べる春川。それには俺も小さく頷く。

「柊先輩も、聞いてるんですよね…、噂」

「噂……？」
「私が、“父親のいない、媚び売る自意識過剰な女”って」
「───っ」
びっくり、した。そんな辛辣《しんらつ》な言葉が春川から出てくるとは思ってなかった。
何より、木田のさす“あの春川”とは、美少女という意味で捉えていたのだ。
そうか、そういうことか。俺は肺にたまった淀《よど》んだ空気を吐き出した。
「誰かそう噂してんの、聞いたのか」
「……」
「ついに3学年にまで広まったのかと、思った？」
「……」
「俺が、」
少し間をおいて。
「さっきので、春川を面倒だと思ったって？」
何も言いはしないが、その顔は、肯定の表情をしていた。
消えそうなくらいに怯える春川に、俺は一度ミルクティーを飲んでから、口を開く。
「俺さ、あんまそういうの分からないけど」
「…は、い」
「春川が、怖がる必要ないと思う」
そう言えば、ゆっくりと春川の顔が持ち上がった。今にも泣き出しそうな顔で見るから、俺は苦笑い。
「そんな薄情じゃないって」
「でも、…うざくないですか？　いじめられてる後輩なんて」
「なんで」
いじめられてる、そう言って傷付いた心を隠すように睫毛を震わせる春川に、なるべく静かに言葉を紡いだ。

「――春川は大切な後輩だよ」
「そうじゃなかったら、奢らないし、こうやって会ってないだろ。分かったか？」
そう言ったら、春川は、やっと笑った。
うまく言葉に出来ない自分を呪《のろ》いたい。もっと、笑顔にしたいのに。ミルクティーと共に、苦々しい思いも飲み込んだ。
「…先輩のこと、私、知ってましたよ」
しばらくの穏やかな沈黙のあと。春川はそう言った。飲み終わったミルクティーのパックを片手に、春川のほうへ顔を向けた。
俺のこと、知ってた？
「だから中庭で会った時、顔を知らなかったんですけどすぐに柊ハル先輩だって分かりました」
「良く知ってたな」
「はい、有名ですよ、先輩は」
ふわふわと少し薄暗くなった空の光の中で春川は小さく笑う。
有名、有名、有名…。何度か口の中で復唱してみるが、俺にはあまりにも似合わない言葉だった。
「イメージではもっとだるそうにしてると思ってたんですけど」
「なんだそれ」
「全然。綺麗な髪した、ヒーローみたいな人でしたよ」
笑いながらそう言って俺を見た春川に、とくん、とくん、原因不明の心拍数上昇と高まる熱。頭の芯《しん》が、何か鈍く焼けるような感覚に襲われた。
「…ヒーローじゃないだろ」
「ヒーローですよ」
だめだ、俺。
なんか、熱い。
「多分、人生で1番嬉しかったことって聞かれたら」
「…」

「先輩に助けてもらったことだと思います」
助けたなんて、俺は大層なことはしていない。春川はきっと普通に生活して普通に笑うはずなのに。
それが出来ていないことが“異常”なんだ。そこに割り込んだのが俺なだけで。
何１つ、何１つ、春川にしてやれたことはない。
今だって、こいつはいじめられているし。
現に春川の机には落書きされたあとのようなものがあるし、制服のスカーフもない。
「…春川、」
「はい？」
ふわり、名前に相応《ふさわ》しく春の花みたいに優しく笑う春川からそっと視線を外した。
なんで俺、こんなにだめなんだ。
「俺もお前とこうしてられて、嬉しいから」
「…そうですか」
「なんでも、聞くから」
「…はい」
頼むから、俺の知らないところで泣かないで。

俺と後輩と理由

「春川ー…、それだ、絶対それだよ」
「適当に言わないで下さい」
「もう埋めればなんだっていいよ」
睨む春川に肩をすくめた。現在、俺と春川がいるのは図書室。まるで異世界みたいなその空間。
テスト前の図書室にはちらほらとだが、生徒が机に向かっていた。その端のテーブルを占領する俺達。
春川は先生から渡されたテスト対策プリントという切羽《せっぱ》詰まった生徒に対してなんとも親切なそれを必死で埋めている。実際その問題が出るのかは、謎《なぞ》だ。
「あ、そこ違う」
「…どこですか」
「こーこ」
春川は嘘だ、というように紙の上に目を走らせる。俺は綺麗に書かれた文字の上に指先をおく。
「これ、なんで急に現在進行形になってんだよ」
「えー…、か」
「勘とか言ったら殴るかんな」
「…」
勘だったのか。
いじけたような目で俺を見てくる春川に、溜め息を吐いた。
「これは、過去分詞」
「…」
カリカリと、半透明のシャーペンで文字が書かれる。これで大丈夫か、と俺に控えめに視線を向ける春川に笑った。
「当たり」
くるりと表情が変わり、嬉しそうにする春川。見ていて飽きない。俺はまるっきりやる気なしで、近くの棚から本を抜き出した。パラパラめくるが、中を読む気が起こらない。
「春川」
「はい？」
「何か飲み物買ってくるけど、何がいい？」
「…………」
一瞬、何かリクエストしようとした唇は、何も音を発さずに閉じられた。困ったような瞳は空を泳ぎ、俺から逸らされる。奢ってもらうことにどうも気乗りしないらしい。
「まあ適当に買ってくるから」
「あ、すみません」
「ん」
ぽん、と頭に乗せた手で髪を乱した。
遠慮しているところがいかにも後輩、って感じだ。そう思いつつ俺は図書室を抜け出して、自販機へと向かった。

…カフェオレが…。
未だ復活の兆しをみせない、赤いランプで浮き彫りにされた“売り切れ”の文字。何故だ、売り切れってことは売れてるからだろ。ちゃんと商売しろ、自販機。
しょうがないのでまたミルクティーを連打し、そのパックを手に持って図書室に向かった。
戻る途中、知らない後輩から挨拶をされて思わず眉をひそめてしまった。知らないやつに挨拶をされると、どう反応していいか分からない。なんとなく納得しきれずに、目の前のドアを静かに開いた。

「………、は？」
視界に入った光景があまりに予想外過ぎて、一瞬頭が真っ白に染まった。
でもすぐに小声で囁《ささや》かれる声に意識をひき戻され、動かない足を無理矢理前に進める。
なんで春川と。
「きた…？」
「あ、ハルか」
そこにいたのは木田で。くるりと俺を振り向き見上げると、笑った。
変な構図に、俺の顔は歪む。
「どうしたの？　変なハル。座りなよ」
「あー…、うん」
ガタリ、静かな室内に響く音を気にかける余裕もなく、頻繁に見る木田の姿に混乱し、更に不審感を募らせていた。
春川は、緊張しているだけなのか。ちょっと強張《こわば》った顔つきで俯いている。
「お前何してんの」
「何って、ことちゃんとお喋《しゃべ》りだよ」
「………お前らそんなに仲良かったっけ」
静かにそう言えば、木田はすとんと表情をなくした。だがすぐにまた大人っぽく笑う。見間違え、なのか。
「何？　ことちゃんと仲良くして、嫉妬《しっと》しちゃった？」
からかうような視線が、また、俺の気持ちをくすませる。
何故かこいつから春川の名前を聞くのが好きじゃない。クスクス笑うその声が頭に入り込んでくるのが嫌で、遮るように言葉を発した。
「そーかも」
「……………え？」
途端。
木田の笑顔が固まる。

「春川は俺の唯一仲良い女子だし、木田にとられたら妬《や》ける」
「…何それ。ハルらしくないね」
苦笑いにも似た複雑な笑みを浮かべた木田は、ゆっくり立ち上がった。そこで春川も顔を上げる。ちらり、視線を向けるがその両目は木田に向けられていた。
「…またね」
「おー」
ばいばいことちゃん、と。立ち去る木田の姿を最後まで見ずに、俺は木田が座っていた椅子に腰かけた。
「ん」
「わ、ありがとうございます」
少しぬるくなった気がするパックを春川の前におくと、春川は頭を下げた。
俺も自分の分にストローをさし込み、口を付ける。大丈夫だ、そんなにぬるくはなってない。
「お前さ、木田と何話してたの」
「安心して下さい。柊先輩の話ですよ」
…逆に安心出来ないんだけど。
ストローをさし込むことに格闘している春川はそう答えた。
春川の手からパックを抜き取り、ストローを勢い良くさしてやる。ぷつり、突き抜ける感覚が指先に広がったのを確認してそれを渡す。
「俺の話？」
「はい……、変なことは言っていませんでしたよ？　香代子《かよこ》先輩」
「ふーん」
言われて困るようなことは特にしてない。だが、気になるのが人間の性《さが》。変なことではなくとも、何を言っていたんだ、と視線で促せば、春川は困ったように笑った。
「クラスでの柊先輩のこととか」

「なんだそれ」
「授業中も休み時間もいつも寝てるとか、女の子に冷たいとか」
「だって知らないやつに親切に出来るほど優しくないし」
あいつは何を言いたかったんだろうか。良く分からなくて、長く溜め息を吐き出した。春川も良く分からなかったのか、ちょっと肩をすくめてみせた。
「他は」
「特に……、あ、でもモテるってことは分かりました」
「デマだって」
「香代子先輩も言ってましたもん」
「…、」
心底、分からない。
そうしている間に、俺の後ろに１つの影が迫っていた。
「ひーいーらーぎー」
「うわ、何」
振り向けば、同じクラスの顔見知りが仁王立ちしていた。低い声で威圧的に吐き出された俺の名前にびくり、驚いた。
「うるっさいんだよお前は」
「あー…、ごめん」
「…そうあんまり素直に謝られると怒る気もなくなるよ…」
溜め息まじりにそう言ったそいつに、ごめんとまた呟いた。そこでやっと、注意されるまで図書室には相応しくない音量で話していたことに気付いた。春川も眉尻を下げている。
「帰るよ」
「あ、私も」
立ち上がる俺達に、そいつは苦笑い。どうやら図書委員だったようでカウンターの中へ戻っていった。
「失礼しましたー」

「しました」
２人揃って図書室から出て、顔を見合わせた。
「怒られた」
「まあ、周り迷惑そうにしてましたしね」
「気付いてたなら言えよ」
「えー……」
ミルクティー片手に俺はふらふら歩き出す。プリントや筆記用具を持ちながらミルクティーも持つ春川。
「持つよ」
「え！　あ、すみません」
ぎこちない動作で俺に頭を下げた春川に、思わずくすりと笑った。
そのまま行く当てもないので、渡り廊下にあるベンチに腰を落ち着かせると、春川も隣に座る。
「ミルクティーも美味しいですね」
「まあまあだな」
「嫌いですか？」
「普通」
何故かその答えに笑う春川。笑った意味が分からず首を傾げると、その笑顔のまま、言葉の続きを紡いだ。
「だって、ミルクティーって柊先輩みたいだから」
「俺？」
パックを光に透かしながら、片目を瞑《つぶ》り、見えるはずのない中身を見ようとする春川。
「先輩の髪、これと一緒の色だと思って」
「…髪、か」
俺は自分の前髪を見ようと瞳を動かした。どこにでもいるような金髪にするのは嫌で、美容室で色をつくって染めてもらった。
「だから勝手に好きなのかと思ってました」

「なんだ、それ」
笑いながら、一口ミルクティーを飲み込む。
不思議とさっきより甘さが好きだと感じた。
と。
渡り廊下の向こうから、何やら楽しげな声が聞こえてきた。
条件反射のようなもので、ふらり、視線は無意識のうちにそちらの方向へと動いてしまう。それは春川も例外ではないらしく、ゆっくりと見上げた先の光景に、小さく肩を震わせた。
まだ春と言える暖かい季節。明らかにサイズの合っていないカーディガンをだぼつかせた女子生徒２名がけらけらとあまり上品とは言えない様子で笑いながら歩いてきた。
「…」
ちらり、春川に向けた俺の目には、どこか怖がるような、でもその奥にかすかな怒りを込めたみたいな瞳をした春川がいた。
こいつは、本当はどこか負けず嫌いな部分があるのに、もしかしたら手を出さないから弱い存在と位置づけられてるだけなのかもしれない。
そう偉そうに分析しつつ、近付く声と足音にまた視線を向けた。
「あ、春川ちゃんだー」
「なーにしてんのー？」
軽い調子で発せられたそれは、やはり重さも中身もない、頭の悪そうな言葉。俺の視線に冷たさが加わった。
「…」
春川は何も言わない。ただジッと、手元のミルクティーを見つめている。その姿は怯えているわけじゃなくて、無視しているといったほうが的確に思えた。
「あ、柊先輩こんにちは」
「こんにちはー」
無反応な春川に苛立ったように理不尽な視線を向けたあと、隣の俺と視線が合ったことをきっかけにそんな挨拶がこぼれた。俺の中で気持ちの悪い感情が沸き上がる。
「…どーも」
「やっぱり噂って本当なんですね」
「…噂？」
髪を染めたいから色を入れてるが、先生と親の機嫌も損ないたくないので…、という程度の控えめな茶髪の２人。
中途半端。中身もそんな気がしてしまった。
慣れていない、というか似合わない黒のラインがひかれた目で俺を見てくるそいつらに、正直、負の感情しか生まれない俺は相当酷い男なんだろうか。
「噂、って何」
春川がぎゅ、とパックを握ったのが見えた。
２人は待ってましたといわんばかりにお互い顔を見合わせ、嬉々《きき》とした表情で語り出す。ああ、本当、こいつら嫌いだ。
「なんか、春川ちゃんが柊先輩に、私いじめられてますアピールしてる、って」
「そうそう。うちら別にいじめてないんですよ？」
「なんか春川ちゃん、被害妄想激しいっていうか」
「分かる！　つか、むしろいじめられてもしょうがないみたいな」
「いじめられてるってのも武器にしちゃうなんてさすがー」
「柊先輩も騙されないほうがいいですよー？」
口々に語られるそれに、俺は無表情のままでいた。いや、無表情にしかならない。
馬鹿らしいという言葉を投げかけるのさえ億劫《おっくう》だ。よくそんなこと言葉に出来るなというようなことを平気で得意げに、満足そうに、優越感丸出しで自信ありげに、その口から吐き出す。
気持ちが悪い。

だから、素直に言葉に出してしまったことを、ぜひとも理解して頂きたい、俺は。
「なあ」
なんですか？と、カーディガンに包まれた手で口元を隠しながらこちらを見る２人。媚びる仕草と、知ったかぶりをする目に、腹の底のほうで何かが弾けた。
「頭、おかしいの？」
静けさが支配する渡り廊下に、凍った空気が広がった。
あくまで目の前のそいつらにだけ、だが。
「なんでそんな笑いながらそういう話、出来んの」
「…すみま、せ、」
「いいから謝んなくて。なんでって聞いてるだけ」
「あの、…、」
「早く、言ってよ」
冷たく言い放ち、その目を見据えた。絶対逃がすものか。二度とそんなこと言わせない。笑う口元には、さっきまでとは打って変わって弁解に繋《つな》がるような形が浮かんでいて余計苛立ちに拍車をかけた。
「何？　他の先輩にはそう言ったら一緒に乗ってくれた？」
「…っ」
「他のやつらと一緒にすんなよ」
笑いかけると、ひきつったように生意気な顔は歪んだ。
「難しいことは言わないからさ」
「…」
「春川傷付けること、すんなよ」
そう言うと、余程怖かったのか、うっすらと涙の膜に包まれた瞳を床に落とした。
そりゃあ、そうか。高校入ったばっかりの、オカシイくらい高揚した気分の連中が集まり、ちょっとした理由でいじめをはじめて。自分でも気付かないくらいに調子に乗っていたら、急激に来た落とし穴。
そう、俺がいた。
たいていの場合、いじめにわざわざ首を突っ込む馬鹿はいないし、面白がってそれを高みの見物宜《よろ》しく傍観する者が多数だ。
もしかしたら、つい最近まで俺もそっち側に立っていたのかも。けれど。
「春川を笑う権利は、お前にはないだろ」
隣でいじめられていることを必死に悟られないように。もう知っている俺にさえ、悟られないように振る舞う春川を、俺はどうしても守りたい。
「もう、行っていいよ」
その言葉に2人は背を向けて歩き出した。
「…」
やり過ぎたかも、しれない。
その後ろ姿と足音が完全に消えてから、ゆっくり、春川を見た。
そして、
「ごめん」
項垂れる春川の頭に向かって謝った。また、やってしまった。後先考えず。怒りを押し込め、冷静なふりをしようとするあまりに俺はどうしても冷酷な言葉を吐いてしまう。
結果的に、春川の立場を悪くしただけだ。
「…先輩、」
「…」
泣かれでもしたら、俺はどうしたらいいのか。先を考えても解決策どころかあたふたする自分が見えてしまう始末。
と。
俺を見上げた春川は、困ったような顔。
「あんまりそう素直に私を信用されると、どうしていいか分からなくなります」
「…、」

拍子抜け。怒鳴られるか、泣かれるか。そんな選択肢はたった一言で吹き飛ばされた。
「春川が俺を騙せるわけないだろ」
「それ、遠回しに馬鹿って言ってますよね」
そう言って笑う春川は、何だかんだ言ってとても嬉しそうだけど、寂しそうだ。
「……」
なんて言ったらいいのか、分からない。春川に慰《なぐさ》めの言葉をかけるのは違う気がした。でも何か言いたかった。
「先輩」
「……」
「私といたら、こういうガキくさいことに巻き込まれますよ」
春川は前を見たまま、足だけをゆらゆらと動かした。そんな仕草を視界にいれながら、俺はミルクティーを握る。
「まあ、いいんじゃない」
「…いいんですか」
「たまには」
「…頻繁だったら？」
「それが、春川から離れる理由にはならないでしょ」
「……」
なんかなー…。
別に正義感溢《あふ》れるような出来た人間じゃなかったんだけど。
春川という後輩が、何故かたまらなく弱く、儚《はかな》く、でも矛盾しているみたいだけど強く見えて。だからこそ崩れる瞬間が怖くて。
うまく言える自信も、言う気もないけれど。言いたいことはただ。
「もう、なんでもいいじゃん」
例えば。君がどうしても俺といる理由が欲しいと言ったら、その時は探すから。

俺と後輩と活動

次の日、俺の耳にある噂が流れてきた。それは。
「俺と木田が、付き合ってる…？」
「女子が朝から聞いてきた」
柳橋はまた前髪をゴムで結び、そんな姿のわりには真剣というか確認するような瞳で俺を見つめた。あまりに理解不能な内容に、ぽとりと持っていた財布を落とした。
「おいおい、どこまで力抜けてんだよ」
「あー…、ごめん」
落とした財布を柳橋が拾い、ワンテンポ遅れて俺は意識を覚醒《かくせい》させると、お礼と共にそれを受け取った。
なんとなくふわふわとした気分のまま、自販機へ銀色のお金を投下。久しぶりにカフェオレに販売中のランプがついていたが、指は迷わずミルクティーを押していた。
と。
柳橋が怪訝そうに眉をひそめる。
「まじで？」
「あ？」
「否定しないから」
「いや、ないよ」
ない、絶対に。俺の口調は断言というよりも、もはや静かに怒鳴るみたいなものになっていた。
がこんという音と共に、取り出し口が揺れた。
「なーに怒ってんのハルくん」
「うるせー、黙れ」

「…え、まじギレしてんの？　どうした？」
「知らない」
自分でも分からない。何に対してこんなに憤りを感じているか、分からない。とんだガキだ。自分の感情の在《あ》り処《どころ》も分からずにただ憤慨するなんて、幼稚だ。
しゃがみ込んで、ミルクティーを取り出した。そしてそのままずるりと自販機に手をかけて溜め息。
「その噂、結構広まってんの？」
「どーだろ…、まあハルの話題だし、ある程度は広まってんでしょ」
その答えにまた脱力。帰りたい…。柳橋もお金を入れ、何を飲もうかと思案する横顔を見せた。
「意味分かんねぇ…」
「だって一緒に図書室で勉強してたんだろ？」
決めた、と言って柳橋はプリンジュースというなんとも選択に勇気のいるそのボタンを押した。
ぴたり、俺の動きが止まる。
「は？　違うから」
「あれ、やっぱり噂でたらめか」
俺はそれにもゆるく首を振り、昨日のことをかい摘《つ》まんで話す。柳橋はパックからクリーム色の液体を吸い出しながら、なるほどと頷いた。
「でもことちゃんも一緒にいたのに、ハルと木田だけ言われるって変なのー」
「俺も、思う」
面倒な噂だな、と憂鬱《ゆううつ》になりながら俺は立ち上がった。ミルクティーを飲む気も削《そ》がれたし。
柳橋はにやにやしながらも、そんな俺をどこか面白いといわんばかりに見つめてくるので、その腰に蹴りを入れてやった。
「っ、なっんでだよ！」

「きもいから、つい」
「あーあー、お前なんかことちゃんに愛想つかされろ」
「前髪ハゲろ」
そうは言い合いつつも、隣に並んで歩く柳橋。俺の悪口を言ってみたり、隣に並んでみたり、どっちなんだよお前は。
と。
バッドタイミングとでも称したらいいのか、丁度、階段を上がってすぐに俺達側へ曲がってきた人物がいた。そう、木田だ。
「…」
ゆっくりと持ち上がった視線には、廊下の真ん中をだらだら歩く俺と柳橋がうつし出されていた。ぱちり、瞬《まばた》きのあと、
「おはよう」
にっこり笑った木田に、柳橋は笑顔でうるさいくらいの挨拶を返す。
俺は、というと、ただジッとその目を見つめてから、無言で横を通り過ぎる。俺がつくった風が木田の髪を少し揺らした。
「おいハルー？」
「数学サボる」
振り向きもせずに、俺はそう言って階段を下りた。なんでか分からないけど、もしかしたら昨日俺のことをぺらぺらと勝手に春川に話したことに対して苛立ってたのか？
…いや、そうじゃない。
不安なのか、苛立ちなのか。区別するには小さ過ぎる胸のざわめきに、ただただ堪えるしかなかった。

ふらりと足が向かったのはグラウンド。どこの学年も体育をしていないのは珍しいと思いながら、そうか、テスト前かと思い出す。
校舎沿いをゆっくり歩きながら、生暖かい風に髪を撫でられていると、ふわりと視界に何かが舞った。

「ん…、？」
顔を上げた先には、ふわりふわり揺れるカーテン。窓が開いてるようで、教室からはみ出したそれが俺の目の前で泳いでいた。
そこで気付く。
「ここ、４組か」
場所を確認してそう呟いた。今は授業中だし、春川は席に着いてるよな。
我ながらどきどきするその行動を、一度周りを見回してから実行。
ふわり、舞ったカーテンに手をかけて。中をそっと覗き込んだ。
「…、」
予想通り、静かにゆっくりと進められている授業。どうやら英語らしい。カナダに留学経験があるという年配の女の先生がはつらつとした様子で英文を読んでいた。
と。
俺からほんの少しの距離に、見慣れた姿を見付ける。
そして、俺は。
「――――っ」
初めて、柳橋が言っていたことを理解したかもしれない。
いつも俺に向けていた幼さが残る笑顔は、影さえ見せず。物憂《ものう》げに落とされる視線と、細く白い腕で頬杖《ほおづえ》をしている姿は。
出来過ぎた映画みたいに綺麗で、言葉を失った。
「…っ」
ヤバい、ヤバい、なんだこれ。カーテンを振り払ってその場にしゃがみ込む。指先にそれが絡《から》まり、明らかに不可解な動きを残してしまった。
だが、俺はそれどころじゃない。
「あー…、」
胸の奥が呼吸を震わせるように、じんわりと熱い何かが広がっていく。ついには心臓をも呑み込み、頭の芯は侵食されて、馬鹿みたいに春川の横顔をエンドレスリピート。

もし心が見えるなら、
今、俺の心は、
何色に染まってるんだろう。
「…病気だ」
しゃがみ込んだまま、なんとか息を吐き出して口元を両手で覆う。
何をしたらいいか分からないくせに、
何をしたいのかは、素直に浮かんでいた。
ふと。教室内から先生の声が響く。
「風がうるさいから、…春川さん、窓を閉めて」
「あ…、はい」
ガタリと、静かなそこに椅子が床と擦《こす》れる音が響いた。俺はジッとその場で息をひそめる。
そして。
「…、っ」
窓を閉めようと、風と格闘しながら顔をしかめる春川の視線が俺を捉えた。
驚きで出そうになる声は、俺自身の唇に乗せた人差し指でなんとか押さえる。所謂《いわゆる》、“しー” という動作。
高校生にもなってこんな古典的な方法しかなかったもんかと、どうでもいいことを考えるが、口は小声で気持ちを音にする。
「抜け出して」
「…っ」
無理、と顔面は言っていたが。先生から何かあったのか問われた春川は、気まずそうな声で「すみません」と呟いた。
それから数分後。
「っ柊先輩…！」
「…」
俺が歩いてきた後方にある保健室のドアから顔を出した春川が、困り顔で俺を手招きした。
周りに気付かれぬように、俺も静かに春川に近付く。そして俺がそばまで行くと、春川はぐいと中に俺をひきずり込んだ。
「わっ」
「静かに…！」
パタン、と。グラウンドからの風や砂でがたがたになったドアを閉めた春川は、怒ったような顔をして俺を振り返る。
そんな俺はぼけっと立っているだけ。
「急になんですか。びっくりしました」
「なんか、…春川がいたから」
「今、色々とすっ飛ばしましたね」
溜め息を吐く春川から視線を保健室にさ迷わせる。どうやら保健の先生は不在らしい。そんな俺の疑問を読み取ったのか、春川は言った。
「出張らしいですけど、開けてもらいました」
「お前、なんて言ったの？」
「あー…、秘密です」
困ったように微笑んだ春川は、ふらりと俺から視線を逸らして椅子へと腰かけた。
なんだ？　今の。
でもとりたてて追求する話題でもないので、それ以上は何も言わずに俺もその隣に腰かけた。
薬品の匂いがまざり合う空間は、保健室独特の気分の高まりを煽《あお》る。
「あ、春川の分のジュース忘れた」
「いいですよ」
悪いです、と。にこりとする春川に、どこか安心する俺。さっき見た春川は別人みたいで、少し動揺していたから。
やっぱり、こうして見ると春川は春川なんだよな。
「…どうかしました？」

「……いや、別に」
飲みかけのミルクティーを口に運び、ぬるくなったそれを流し込んと。
俺を見つめる春川。
「…、飲む？」
そのままパックを渡そうとすれば、春川の顔は見る見るうちに紅潮《こうちょう》しまう。凄《すご》く分かりやすい。

「いいです…！」
「照れてんのか」
「違くて、ただ、」
絶対違っていないと思う。唸《うな》るようにする春川に、俺はくすくす笑ってしまった。すぐに非難の瞳に射貫かれる。
だがそれも肩をすくめて流してみる。
「ほら、口開けて」
「……、」
ストローと睨み合い。そんな春川の唇をその先で突《つつ》く俺は、実際反応を楽しんでいたりする。
観念したように、羞恥《しゅうち》心と闘いながらも唇を薄く開けた春川。ストローをさし込むと、あとはおとなしく中身を飲んでいた。
「…ありがとうございます」
「いいえ」
俺の笑みでより赤くなる春川。返されたパックからそのままミルクティーを吸い出すと、春川はもっと赤くなった。
「…可愛いな、お前」
「からかわないで下さい…！」
本音だったのに。怒り出す春川にそう思いながら、俺はグラウンドを見つめた。閑散としたそこはどこか寂しい。
ふと、春川は思い出したように言葉を発した。

「あ、そうだ柊先輩」
「ん？」
「おめでとうございます」
「…」
「香代子先輩と、付き合ってるんですよね」
俺は、相当酷い顔をしたに違いない。
だって俺を見た春川が、怯えたような素振りをしたから。そして小首を傾げる。
「違う、んですか…」
「事実無根だ」
「…、」
なんでそんな噂が1年にまで広まってるんだ。ずず、と音をたててミルクティーを飲み干した。
「…嫌なんですね」
「…かなり」
苦笑いを見せる春川に、俺も小さく苦笑いを見せた。素直な春川は、相手の様子からそのまま素直に気持ちを読み取るのも得意みたいだ。
「あいつ…、苦手、なんだよね」
「ふーん…」
ぶらぶら、足を揺り動かす春川は何か想像をするようにぼんやりそれを見つめていた。
ふと、その顔がさっき見た別人のような春川とリンクして、俺は喉《のど》の奥が詰まるみたいな不可解な感覚になり、どことなく苦しくなった。
これが“何”かは、まだ知らないでいたいと思う。
「………」
「……先輩？」
「ん？」
「どうかしました？」

首を傾げる春川のおでこを突いてみる。いきなりの行動に小さく声を上げる春川に、思わず笑う。
「なんでもない」
人間というやつは。
こうやって、なんでもないと言いながら、裏では、人には言えないくらいの問題を内に秘め。
それでも。
毎日、笑って過ごしているんだろうな。
言葉にしたら、
不安が増えそうで。
ただの臆病《おくびょう》の言いわけなんだけれど。

根拠も何もない噂は、消えつつはあっても、学校という無理矢理つくられた集団生活の中ではふわふわと漂い続け完全には消えなかった。
５月の終わり。どこか風のまとわりつき方が、暑苦しい。
明日からは衣替えになる。そんな今日は、衣替えの他に違う話題が校内を駆け巡《めぐ》っていた。
それを知らない俺に、柳橋はご丁寧にも教えてくれる。しかも眠さがピークの、午後最後の授業で、だ。
「ハル、ハル」
「…何」
「今日の祭、行く？」
「…」
祭？　祭の季節にはまだ早くないか？　そう考えれば、顔に出ていたらしい。柳橋は「だから」、と面倒そうに言う。
面倒なら、説明しなくてかまわないのに。
「毎年あそこの神社が夏前に祭やるじゃん」
「あー…、やるな。行ったことないけど」

「はあ!?　あ、そうだ！　去年断られた」
行こうぜ俺と、と。振り向いて言ってくる柳橋の椅子を蹴って前に向かせる。
面倒だな。帰る時にその神社の前を通るだけに避けられない俺は面倒なことこの上ない。正直、祭りとかすんな、神社は空気を読め。
丁度良く、チャイムが鳴り響く。
皆教室中で伸びをしたりあくびをしたり、そんなだらだらしている光景の中で日直の号令が虚《むな》しく聞こえて立ち上がる。
「れーい、ありがとーございましたあ」
ほぼ礼とは言わないそれをして、落ちるように椅子に座る。だるい。暑さが存在を主張しはじめる最近は、体力が凄まじく削がれる。
と。
横からクラスの女子が俺の机に手をつく。
一瞬、意味が分からず固まるが、そのままつられるように顔を上げると、笑顔の２人。
「ハルくん、今日のお祭行かない？」
「あー、行かない」
「えー。行こう？　あたし奢るよ？」
どうして俺？　柳橋を誘え、柳橋を。苦笑いを浮かべて目の前の柳橋の背中へ話題を振る。
「柳橋、お前祭行きたいんだろ？」
「え、何？　行ってくれんの？」
「いや、この子達が」
そう言うと、女子が若干あれ？みたいな雰囲気になったがかまうものか。柳橋は柳橋で「ハルじゃなきゃ嫌だ」と言い出す。１番面倒なのはコイツだった。
「俺は…、行かないから」
そう言えば、女子２人は顔を見合わせたあと、拗《す》ねたような非難じみた視線で俺を見る。
「誰かと約束？　あ、香代子とか」
そう言った言葉に、ゆらりと頭の脇のほうが嫌なざわつきをみせる。
「…ないから。それは、ない」
睨むように見上げると２人は、そんな俺に「ごめん」と素早い謝罪をして席に戻っていった。
あー、なんだこれ。苛立つ。机に足を乗せれば、教室に入ってきた担任から注意が飛ぶ。
「柊、足！」
「…はーい」
ゆっくりと下ろす。先生、それより柳橋くんの前髪のほうが危険です。
そう心で呟きながら、自分のミルクティー色の前髪の間から窓の外に視線を向けた。
手を伸ばして、がらりと窓を開ける。
入ってきた風の優しさは、どこか春川みたいだった。
「柊、ちゃんと話聞けよー」
「…はーい…」
やっぱり瞳は、外を向いたまま。

掃除を早々に終わらせ、俺の足は１年の教室へ向かっていた。階段を下りる度にかけられる挨拶が鬱陶《うっとう》しい。
早足になりながら、もはや最近では行き慣れた４組の教室前で止まる。
そして廊下から教室内が丸見えの窓に顔を突っ込む。
「あ、柊先輩」
「ハル先輩こんにちはー」
「柊先輩だ」
ところどころから聞こえた声に、いつの間に有名になったのかと脱力感。
しかも見渡した中にお目当ての子は、いない。

はあ、と。肩を落とせば、グラウンド側のバルコニーみたいなところのほうから教室に入ってきた、お目当ての子。

「…先輩？」

鼓膜に染みる小さく綺麗な声に、顔を上げた。

「見付けた」

笑う俺に対して、少しばかりおろおろしながら駆け寄る春川。

ボブの髪がさらりと耳から落ちてしまったので、こちらに来た春川に言葉をかける前に髪をかけてやった。

柔らかい感触に、ふと、胸が気持ちを響かせる。

「え、あの、…」

「春川、このあと暇？」

「…暇です」

困惑しながらも、そう答えて俺を見上げた春川。俺はそれを聞くなり廊下から窓を飛び越えて教室内に乱入。

驚いたように声を出した春川をそのままに、春川の机まで行って中身をとにかく鞄に詰め込んでまた春川のほうへ。

無理矢理押し付けたそれを、落としそうになりながらも両手で胸に抱える春川。

「祭、行くぞ」

「…まつり？」

「そ」

未だ理解には及ばない春川。もう行くしかない。俺は春川の手を掴み、教室から出る。

つんのめる春川は俺の背中にぶつかって情けなくも、悲鳴に似た声で抗議をぶつけてきた。

「急にどうしたんですか…！」

「部活だ、部活」

「…」

靴を履き替え、駐輪場からチャリを持ってくると、春川の鞄をひったくってカゴに突っ込む。
「うしろ」
「…２人乗りしたことないです」
「じゃあ今日がデビューだ」
ばんばんと荷台を叩けば、おとなしく、でも緊張したように腰を下ろす。
跨《また》がるのは却下で横座りにさせた。
「腰、掴まって」
「…、」
なかなか掴まない春川は、ちらりと見えた様子だと物凄く恥ずかしがっているようだ。
それを見ているのも楽しかったけど、溜め息を吐いて春川の手を自分の腰に回した。
細く小さな手が俺のシャツを控えめに掴む様子は、俺まで緊張させる。
「出発」
「わっ」
ぐん、と風を切るように走り出す自転車。春川は怖がって手に力がこもっていた。
神社までは５分程度。少しは日が長くなっているけど、きっとすぐに夕《ゆう》闇《やみ》が落ちてくるだろう。
「先輩」
「んー」
「私、お祭なんて幼稚園以来です」
だから楽しみです、と。初めての２人乗りに対してか、祭に対してか。
幸せそうな笑顔で覗き込んでくる春川。
なんか、俺まで嬉しくなった。
「俺も、久しぶり」
早まる気持ちが、ペダルを漕《こ》ぐ足の力を強めた。

柳橋、ごめん。

がたん、とスタンドを立てて自転車から鍵を抜き取る。春川は先に神社の入口から中を覗いていて、俺も後ろから倣《なら》うようにして覗いた。
「おー」
「たくさん人いますね…」
いつの間にか、気付かないほどに薄暗くなった空の下。これほどの人がどこに隠れていたのかと思うほどに、込み合う道。
俺達と同じ制服もちらほら見える。目をしばたたかせる春川の頭に何度かトントン、と。手をおけば、こちらを向いた春川。
「行くか」
「はい」
笑顔の春川と共に、普段ならば絶対に来ないだろう人込みへ足を踏み入れた。
屋台の呼び込みは全《すべ》て右から左へ流す。後ろを歩く春川が心配で、何度も振り返った。あ、またぶつかった。
「大丈、」
言いかけた時、視界から春川が消える。
すれ違いざまに、横を２人並びで歩く人とぶつかった春川はつんのめって、顔から石が敷かれたそこに突っ込みそうになる、が、
「っ」
「う……、わっ」
間一髪《かんいっぱつ》のところで春川を抱き留めた。ホッとしたのも束《つか》の間で、あまりに小さく柔らかい体に力強く触れたことに不安を感じた。
こんなに、柔らかいのかコイツ。どぎまぎする俺を見上げた春川に、ちょっと反応に困る。
「ありがと、ございます」
「…うん」

気の利いたコメントを俺に求めてはいけない。自分でもがっかりするような反応なのに、春川はふわりと笑った。
また歩こうとして、ふと立ち止まる。
そして春川に手を伸ばした。
「ほら、こっち」
その手をひらひら揺らすと、春川は困ったように笑ってから。きゅ、と指先のほうを掴んだ。
そしてまた歩き出す。
「柊先輩、見てください」
「ん？　あー…、わたあめ」
「くじ引きですよ！」
「１等なんか入ってない入ってない」
はしゃぐ春川に、思わず笑ってしまった。でもそれに気付くこともなくキョロキョロと物珍しそうに周りを見回す春川。
夕暮れの中で、屋台の光に照らされて人や店の熱気に赤らんだ頬。
笑う春川は、
とても可愛いかった。
「――っ」
うわ、なんか気持ち悪いこと今考えた。春川が他に気を取られていたのが救いだった。
こんな顔、恥ずかしくて見せられない。
「柊先輩！」
「ん」
くん、と指をひかれて立ち止まれば、春川の視線の先には真っ赤に、鮮やかな色を発する屋台。
「林檎《りんご》アメか」
「…、」
「…」

ジッ、と。俺を見つめる春川ににやりと笑ってやった。そして手をひいて屋台に近付く。
「奢ってやる」
「え、いや違います！　ただ寄っていいかなって…」
「林檎でいい？　葡萄《ぶどう》とかもあるけど」
首を傾げ、あわあわする春川を覗き込んだ。
「…じゃあ、林檎アメ、を」
「林檎と葡萄下さい」
申しわけなさそうな春川に、林檎を選ばせる。どこか瞳をゆらゆらとさせながらも、１つの赤を選んだ。俺も適当に１つ掴む。
「また来てねー」
気の良さそうなお兄さんに頭を下げ、さっきみたいに春川の手を掴む。
「…」
ちらり、実は嫌がられてたりしてなんて心中を表すように盗み見したけど、春川はまた楽しそうに屋台を見ていたので、安心した。
こっそり、指先の細さを確かめるみたいに握る手に力を込めてみる。
「林檎アメ、美味しいですね」
「葡萄はあっという間だな」
１番上の１つをかじりながら、３つ繋がった団子を連想させるそれを見つめる。林檎とは違って小さいからかじり、噛み潰して味わえばあっという間だ。
ふと、横に見えた屋台が途切れたところに階段が。２人で疲れた体を休ませた。
「あー、足がかくかくしますね」
「お前何回もつまずくもんな」
「…人が多いからです」
「はいはい」
林檎アメにかじりつく春川に、俺の残りの葡萄アメを差し出した。

「はい、あーん」
ミルクティーの時は戸惑ったくせに。今回は祭という雰囲気に気分が高揚しているのか、春川はふわりと笑って葡萄アメを串《くし》から抜いて食べた。
「わ、…こっちのほうが美味しいですね」
ちょっと羨ましそうにするけど、林檎アメで我慢しなさい。
今度は春川が林檎アメを差し出す。
「こっち側は食べてないので、食べますか？」
「貰《もら》う」
一瞬かじりつくが、固くてなかなか食べられないので、春川の手に自分の手を重ねると、角度を変えて春川が食べたところから崩して食べた。
「先輩、ちょっと！」
「だって固い…」
林檎の味にアメの甘さが絡み、たまに食べたくなるあの甘ずっぱい香りが口内に広がった。
「林檎、美味しいな」
「ですね」
自分が褒められたみたいに誇らしげに喜ぶ春川が面白い。にやにや笑っていたのがばれたのか、ぱしりと肩を叩かれた。

しばらく、人が流れるのを不思議な光景だなと思い、夜風が吹くそこで喋っていた。
春川も完食し、完全に夜空へとその色を塗り変えた下で立ち上がる。
「もうちょっと見るか」
「はい」
今度は、春川が手を差し出してきた。きょとんと見れば、赤くなった頬でぶっきらぼうに言う。
「柊先輩が迷子になると困るので」
あまりに無理矢理なこじ付けに、ゆるむ頬は隠さないまま手を重ねる。

「そーだな。迷子にならないように、繋いどくか」
「…、笑ってます」
「うん。まあ、気にするな」
ふて腐れる春川と、また人込みの中へ身を投じる。人込みでの独特の距離感に、祭の感覚を染み込ませた。
「うわ、柳橋だ」
「はい？」
「友達」
案外近くに見えた馬鹿丸出しな前髪に苦笑い。するとあっちも気付いたようでぶんぶん手を振ってきた。
隣の人に当たり、平謝りする柳橋。本当に馬鹿なんだと思う。
「んー…、」
別にいいけど、春川と一緒だとからかわれるよな。振り向いて春川を見て思案。
「…逃げるか」
「え、…わっ」
こちらに近付く柳橋を横目に、俺は春川の手をひいて屋台沿いの少しの隙間《すきま》を走る。
春川はいつものように、また転びそうになりながらもなんとかついてくる。
柳橋が俺を呼ぶ声も無視し、久しぶりに楽しい気持ちでそこを抜けた。
立ち止まれば、春川から息の乱れた抗議。
「び、っくり、しました」
「はは、なんか、楽しい」
「…もー…、あー…疲れた」
しゃがみ込む春川。一緒に俺もしゃがみ込む。
ふと、目が合えば。春川は悪戯が成功した時のように笑ってみせた。
「鬼ごっこみたいですね」

「鬼は相当馬鹿だけどね」
笑う春川の乱れた髪をさらりと直してやった。さてと、祭見物再開。
と。
春川が斜め向かいにある屋台を指さした。
「先輩、あれやりませんか？」
「金魚すくい？」
こくりと頷いた春川に俺は苦笑い。そんな嬉しそうにされたら断れるわけがない。
屋台に近付き、財布を出そうとする春川を完全無視して俺は300円をおじさんに渡す。
「モナカとポイ、どっちがいい？」
しまった、という顔をする春川は、焦ったようにポイを指さす。
蛍光ピンクに縁取られたそれを受け取り、春川は金魚が泳ぐそこを真剣に見つめた。
なんだか見ているだけで楽しい。
金魚を見るともう夏、って感じするよな。
「先輩、いっぱいすくってお金分お返ししますね」
「いらない」
残念そうにするけど、まず、春川がそんなにたくさん金魚をとれる気がしないからなー。
一緒にしゃがみ、金魚達を覗き込む。黒と赤が、優雅に泳いでいる。
「春川、お前あの黒いのとれよ」
「え…、ちょっと…、大きいです」
弱気に言う春川に、とれとれと言いまくった。せっかくだから出目金《でめきん》はとっておきたい。
唸りながらも、春川は１番初めは無難に赤い小さな金魚をすくった。
「やった！」
「おー」

歓声を上げる春川に店のおじさんも拍手している。幼稚園児かよ。笑いそうになりながら、口元を手で隠した。
「あー…、あ、あれでもいいですか？」
「ん？」
春川が指さしたのは出目金ではないけれど、黒い体をふわふわ流れに揺らす金魚。
「まあ、いいか」
わざと、しょうがないというようににやりとすると春川は気合いを入れてその金魚に手を伸ばす。
「落ちるなよ」
「落ちてもいいです」
「だめだろ」
春川の服を、そっと掴んでおくことにする。
「…、」
真剣………。
ゆっくりと金魚を追い詰める春川はぐんとポイを持ち上げる、が。
「「あ、」」
綺麗にハモった言葉は、破れた紙を見ながら発せられた。真ん中からひらひらと、破れた紙が水の中で揺らめく。
「…破けた…」
そんなに悲しいことなのか。春川は絶望の瞳を俺に向ける。いや、たかが金魚すくいだから。
あまりにも落ち込むものだから、俺はもう１度財布を取り出した。
と。
店のおじさんが網で黒い金魚をすくう。
そして春川が持つおわんの中にそれを泳がせた。瞬きしながらそれを見つめる春川に。
「おまけだからね」

ぱっと花が咲いたように、春川は笑っていた。
忙しいやつだなー…。隣からそんな横顔を見つめるのも、悪くない。

「さよならー」
ひらひらと、店のおじさんに手を振った春川。ビニール袋の中に泳ぐ金魚を見ては、嬉しそうに表情をゆるめた。
「そろそろ帰るか」
「はい」
どちらともなく繋がれた手を、２人で小学生のようにゆらゆら揺らす。
いつもはだるさが勝つこういう行事も、なかなか楽しかった。そう思うとふと、口元がゆるむ。
「でも金魚良かったなー」
「はい、本当」
こぼすなよ、と言えば聞いてるのか聞いてないのかへらりと笑っただけだった。転ばないといいけど。
春川は屋台の光に金魚を照らすと、俺を見上げた。
「この黒い金魚、柊先輩みたいですね」
「俺？」
ジッ、と見つめてみる。
「疲れるとすぐに下で動かなくなっちゃうんですよ」
それはたくさんの人に突っつかれて瀕死《ひんし》なだけじゃないだろうか。心中ではそう呟くが、あえて口には出さない。
「じゃあこっちは春川」
「私ですか」
「ちっちゃいから」
「…理由が雑です」
そうはいっても、春川っぽいしなー…。他に特徴を挙げようと頑張るが、見付かる兆しがないのですぐに諦めてポケットから自転車の鍵を取り出す。
「家に水槽とかあんの」
「…」
「…」
「…水槽、」
「うん」
「…ないです」
「…何してんの。…そのまんまじゃきっと死んじゃうしな…」
「どうしよう」
焦る春川を見ていたら、深い記憶の戸棚からあることが取り出された。
春川の手をひき、神社の入口脇に止めた自転車に鍵を突っ込む。
後ろのポケットから携帯を取り出し、時刻を見た。
まだ裏からなら入れるな。
スタンドを蹴り外し、春川を呼ぶ。
「早く乗れ」
「え、」
「早く早く」
言葉に急《せ》かされ、春川は鞄をカゴに入れると慎重に金魚を手首にかけながら、後ろに腰かけた。
俺も座り、ペダルに体重をかける。そして暗闇の中をぐんぐん加速させた。
「先輩…！　金魚の水が！」
「なんとかしといて」
「無茶苦茶ですよ！」
悲鳴にも似た声をBGMに、俺は元来た道を、全力で漕いで戻る。
風の香りが、夏の近付きを知らせていた。

「…やめませんか？」

「却下」
予定より早く裏門まで閉まっていたらしい。俺と春川は今、学校の中へ入ろうと奮闘中なのだ。ほぼ俺だけ、な状態だけど。
「絶対何か鳴ります、って！」
「鳴らない鳴らない」
錆びた門を、乗り越える。中は明かりがちらほらついて人がいるから鳴るわけがない。振り向き、門越しに春川を見つめる。
「…おいてかないで下さい」
春川も門に足をかけ、ふらふらしながらこちら側に下りようとする。だがスカートと金魚に気を取られて、落下。
「わ、」
またしても俺がキャッチ。若干こぼれた水に、中の金魚達は居心地悪そうにばたついた。
「よし、行くか」
怒られないかな…。
体育館から校舎へ繋がるドアはいつもは大抵開いている。人がいないか確かめ、手をかけると、
「…」
からり、という軽い音と共にドアが開く。怯える春川を連れて、俺は階段を駆け上がった。静かな校舎に響く足音は、胸を高鳴らせるには十分。悪いことをしているような感覚は、楽しさを増幅させる。春川は相変わらずびびってるけど。
二階の１番奥の教室は、理科準備室だ。ここは鍵がないと開かない。
「ほら閉まってますよ」
がんがん、とドアが開くのか何度かチャレンジした春川は、「もう帰りましょう」と振り返って、目を見開いた。
正確に言えば、俺の手にある物を見て驚いている。
「それ…、」

「スペアキー」
「だめじゃないですか…！」
「俺達明日は１時間目、生物なんだよ」
「…それが？」
「俺は、教科委員なわけ」
「…、」
「朝の実験の準備のために、ゆるい担任が貸してくれた」
まさかここで役に立つとは。人生って不思議。
長い鍵を差し込み、開ける。かちゃり、大きな音に春川の肩が震えた。
そして、ドアを開ける。
「薬品くさー」
「あー…、もう」
廊下に１人でいるほうが心細いらしい春川は、究極の選択といわんばかりに準備室へ滑り込んだ。
暗闇の中、外から入る光だけでお目当ての物を探し出す。記憶通りならばこの棚の上の段に…。
視線で追っていくと、あった、それ。
「みっけ」
棚を開けて、それを取り出した。春川は音に気付いた職員が来ないか廊下を振り返って、また俺を見た。
「なんですか…？」
「俺らが１年の時にメダカ飼った……鉢？」
丸いそれは、誰かが使わなくなったと言って持ってきたのだ。学校の物じゃないから、借りても大丈夫、なはず。
俺はそれを持つと、春川と準備室をあとにした。

体育館裏の錆び付いた水道の前に俺と春川はいた。バスケ部とバレー部しか使わないこの水道。しかも錆び臭いと言って男子しか使わない始末。

しばらくその水を流し続けて、２人で夜の闇を歪ませる透明のそれを見つめた。
「…そろそろ、大丈夫ですかね」
「ん」
春川は金魚鉢の中に水を入れた。俺が預かっていた金魚を、その中へぽとり、ぽとりと落とし、泳がせた。
暑さのせいか、動かし過ぎたせいか、少しばかり弱った小さな生命は錆び臭い水の中でなんとか懸命に動き回ってみせた。
「良かったー」
「明日カルキ抜きした水に入れ替えてやろうな」
「はい」
微笑む春川は、金魚鉢を持って月明かりに照らす。きらり、水と金魚が反射してちょっとしたプラネタリウムみたいだった。
「あ、でも先輩」
「ん？」
「これ、どこにおきましょうか」
そーだなー…、と俺は考えながらも、どうにかなるだろうとどこかで思っている。癖のようなものだ。
俺の教室…、じゃ柳橋が食べちゃうか。春川の教室は論外だしな。
「…あ」
「どこか、ありますか？」
「うん」
あった、１つだけ。俺はそのまま春川を連れて、体育館脇を抜け、プールとテニスコートを抜け、年に１度の校内大掃除の時にしか人が立ち寄らないプレハブ小屋へ向かった。
プレハブ小屋といっても。この高校は設立当初は男子高であってどうやら工業系の学科もあったらしい。今では共学の進学校だけど。
まあ、その名残《なごり》。

「え、こんなとこあるんですか」
「まーね」
「知らなかったです」
古びた木造の建物の中に、声をひそめて２人で足を踏み入れる。
手前の部屋は、電動のこぎりや大昔の文化祭か何かで使われた看板がおいてある。
そこから２つ飛ばした奥の部屋は、がらんとした中に本棚が３つ並び木製の椅子が２つある。読まれなくなった本がおかれていた。
「わー…」
「ここならいいだろ」
春川は怖がりながらも俺の後ろから顔を出して、新しい秘密基地を発見したようなわくわくしたような明るい声を発する。
その手にある金魚を、窓際にある本棚の上から二段目に、そっとおいた。
「直射日光あたる時はカーテン閉めればいっか」
「凄いですね、柊先輩！」
「うん、そうだな」
くるり、金魚達も水の中で優雅に泳いでみせた。

埃っぽい部屋の中。春川は窓から外に目を向けて、まるで絵本みたいに大きな月が浮かぶ夜空を見上げてはしゃいだ。
俺も見上げてみたが、特に思うところもなく。月だ、くらいの感想。まあ、春川が面白いから良しとしてみる。
と。
「先輩」
「どうした？」
ふわり、薄暗い中で春川の髪の香りが舞った。勢い良くこっちを振り向いたからだ。
「ここ、誰も来ませんよね」

「俺と春川以外はね」
「じゃあ、」
ぱちり、と一度瞬きをした春川は、
「ここ、部室にしましょう」
「部室かー」
部屋を見渡して、にやりとする。こんなに粗末な部室見たことないけど、非公認というレッテルも貼られているし、丁度いいかもしれない。
「秘密の部室か」
「だって秘密の部活ですからね」
「そっか」
２人の、
秘密の部活動だ。

月を背に、金魚を見つめれば赤い金魚がこつんとガラスにぶつかっていた。ドジなところがやっぱり春川に似ている。
そういえば今日は部活だとか言って春川を連れ出した気がする。
「この部活、楽な活動内容だな」
「ですね」
クスクス笑いながら春川は本棚にある古い本を見ている。暗いから転ばないといいけど。
「わー…、夏目漱石」
「読めんの？」
「あー…、だめですね。中がぼろぼろです」
「…」
ほら、なんて言って本を広げているようだけど。月明かりしかない今、ほとんど見えなくて俺は首を傾げて見えないと伝えた。
「明日からはここに来れば先輩に会えるんですよね」
「…うん、まあね」

部活、ではなくて、俺に会いにくるという表現に、なんとなく頬が赤くなった。
月明かりでさえ、俺の顔をうつし出しそうで、春川に近寄るふりをして本棚に隠れた。

俺と後輩と名前

次の日の放課後になって、俺は春川と昨夜部室と認定したプレハブ小屋のあの部屋に来ていた。
柳橋のサッカーの誘いを当然の如く断り、知らない女子からの妙な笑顔もかわし、ミルクティーと苺牛乳を買って、ここへ来た。
おかれた椅子に腰かけながら、ちょっと高い位置にある金魚鉢を見つめる。きらり、きらり、ビー玉のように光るそれに目を細めた。
「春川、遅い」
それから2時間経っても、春川は来なかった。
「…………、」
おかしい、よな。焦燥《しょうそう》感で無意識のうちに開いていた携帯をバチンと閉じる。肝心なことがいつも俺は抜けている。
「春川のアドレス、知らないし…」
溜め息を吐いてどうしたものか、と。金魚鉢に近付いた。
赤い金魚はゆらり、尾ひれを揺らしながら俺の前をゆっくり泳いだ。
「…捜しにいくか」
見付からないようにプレハブ小屋から抜け出す。テニス部に気付かれないように、静かに校舎裏へ回って4組へと向かう。
何故か。俺は廊下を小走りになって、目的地へと急いでいた。
「…、」
本音を言えば、春川が心配なんだ。いつも何も言わないで俺との他愛《たわい》ない会話に笑っている裏では、いじめに確実に傷付いているし、弱っている。
けれどそれを見せない。とても強いことは、とても弱いことと、似ている。

「っ、」
乱れた息のまま、がらりとドアを開ける。だがそこには数人の男子生徒しかいない。
落胆を舌打ちに変えて、苛立ちながらも教室内へ目を走らせれば。
(…なんで、)
なんで春川の机は…。俺は自然と眉根が寄ってしまった。中途半端に帰り支度のされたそれ。机の上には半分ほど教科書が入った鞄。
俺はとにかく春川の行方《ゆくえ》が知りたくて、ボールを投げて遊ぶ男子達に声をかけた。
「お前ら、春川ことどこにいるか知らない?」
すると。先輩に声をかけられたことに些《いささ》か驚いた様子だったが、すぐに茶髪の男が俺に答える。
「春川なら、なんか女の先輩に呼び出されてどっか行きました」
「…女の、先輩?」
「あー…、はい、何人かいましたよ」
ありがとう、と。短く言って教室に背を向けた。女の先輩って誰だよ。
明らかに友好的なお話し合いとは違うよなー。本当にどこ行ったんだあいつは。
「…あー、くそ」
階段を駆け上がりながら、ばたばたと春川を捜す。校舎広くてだるい。
いつもならもっと豪勢な造りにしろと文句を言うくせに、人間って勝手だ。
まさに、その人間の勝手な嫉妬とやらに巻き込まれているであろう春川を思うと、吐き気さえするような怒りと焦りが背中にのしかかってきた。
と。
廊下を走っていた俺の目に、それは入ってきた。
角を曲がって左手にあるのは、視聴覚室だ。そこからどことなく見覚えのある女子が2人、連れ立って出てくる。

下品な笑い声と共に手を叩き、何やら随分楽しそうだ。そのままこちらを向いた瞬間、顔から生気が抜けた。
「あ……、」
「ハル、…どうしたの？」
そこにいたのは、昨日俺を祭に誘った女２人。馴れ馴れしく呼ばれた名前は、酷く鬱陶しい。
目が焦りを克明に語っていることを、こいつら自身は気付いているのか。分からないが、へらりと笑った２人が俺の中に静かで、でも強い憤怒《ふんぬ》を募らせた。
「…春川、中？」
指さした先。２人は互いに顔を見合わせながら、動揺していた。
その視線の交わし方も、声も、目も、全部、腹がたってしょうがない。
「…、」
一向に答えようとしないそいつらに、もう用はないと俺は無言のままに視聴覚室へ足を進めた。
と。
そいつらの横を通り過ぎる時、ぐいと腕を掴まれる。
こんなに図々《ずうずう》しいやつも珍しいな。冷めた目を向けたら、泣き出しそうな瞳が俺を見上げていて体内の温度がまた落ちた気がした。
「私達春川さんにハルに手出すなとか言われて」
「びっくりしちゃった」
見え透いた嘘。頭の悪いやつの言いわけ。たまにだけど、女でも手が出そうになるほど愚かなことを言ってくるやつがいる。
俺は掴まれた腕を、振り払った。
「春川がそう言ったの？」
「そう、あの子怖い…」
だから、と何か言いかけた女を睨み、吐き捨てるように言った。
「じゃあ言う通り、俺に近付かないで」

視聴覚室のドアを開けて、薄暗いその中へ体を滑り込ませた。
「春川」
小さく、でも聞こえるように言えば、かすかな気配がした。視聴覚室を見渡すが、その姿はない。
それを頼りに、椅子がひしめき合う中をゆっくり進んで、教壇のような大きな机がある前のほうへ向かう。
その机の中を、覗き込んだ。
「見付けた」
「…っ」
その中で、体育座りをする、春川。俺と目が合うと驚いたように目を見開いて、口を開く。
だがぱくぱくと、言葉にならないように口を動かすだけ。苦笑いをして、俺は春川と視線を合わせるようにしゃがみ込んだ。
「声に出てないから」
「っ…」
一旦《いったん》口を閉じ、もう１度開いた春川。
「あの………、部活、遅れました」
第一声。俺は春川の頭を撫でてやった。
「馬鹿」
本当に言いたいことを言わせてやれないなんて、俺はだめな先輩だ。
「…………はるかわ、」
ゆっくり名前を呼ぶと、春川から表情が消えた。別にそれが冷酷なものを連想させるわけではなく、酷く穏やかなものだった。
ただじっと見つめ合って、俺は春川の手に指先を伸ばす。
「っ」
触れていいか、迷う。でも目線を外さない春川に、俺はその手を掴んだ。
きゅ、と。触れる部分は少なくても、決して離さないように指を絡める。
「ごめん、俺のせいで嫌な思いさせた」

「…、」
ゆるゆると首を左右に揺り動かして、いつもみたいに困ったように微笑んだ春川。
「ただ、昨日のこと見られてたみたいで、彼女かどうか聞かれただけですから」
「…、うん、ごめん」
「先輩、指、痛い」
「…うん」
痛いと言いながら微笑む春川を、俺は抱き寄せた。
小さな体は、どこまでも柔らかくて、少し、冷たかった。
「ごめん。春川、ごめん」
俺が傷付けた。
泣かないで。だけど俺の知らないところで泣くんだったら、今、俺の前で泣いて欲しい。
頼りなくてごめん。傷付けてごめん。守れもしないくせに隣にいてごめん。
「…先輩、あったかいです」
そう言って笑う春川は、小さい子供のように俺をぎゅ、と抱きしめ返した。だから俺も負けないくらいに春川を抱きしめた。
「わ、苦しい、先輩苦しい」
「我慢して」
「え…！　窒息しちゃいます」
「…、」
その言葉にゆっくりと春川を解放すると、にこにこする春川が俺を見つめた。
ヤバい。今更になって恥ずかしくなってきた。じわり、と首の裏が熱を持つのを感じながら、俺は春川の髪の毛を乱してみる。
「わ、今度はなんですか…！」

「なんとなく」
「抜けます、髪の毛抜けますって…！」
もしかしたら。こんな言葉が心に浮かんではふわりと消える。
（もしかしたら、）
（俺は、）
（春川のことが――――）

「…ちょっとぬるいな」
「…はい」
２人で金魚を見つめながら、買っておいたままになっていた飲み物をストローから吸い上げていた。
ミルクティーはまだしも、苺牛乳はぬるいとキツくないだろうか。だが普段通りに美味しそうに飲む春川の横顔に、まあいいかと思ってしまう。
カルキ抜きをした水に入れ替えて、やることもなくただ金魚を見つめる俺達。今更だが、受験生としてあるまじき行為である。
と。
春川が俺のほうを向いたから視線で何か、と問いかける。
「名前つけましょうよ」
「金魚の？」
「金魚の」
どれ、と。金魚鉢に顔を寄せる春川と一緒に鉢を覗く。名前か。
「…、」
「…、」
２人して真剣に金魚二匹を見つめる。一体俺たち２人揃って何をやっているんだか、なんて思いつつ。
「よし、決まった」
「なんですか？」
期待に満ちた春川の視線を受けながら、俺は無表情のままに言った。

「黒と赤だ」
「…先輩、酷いです、そんな名前、お粗末過ぎます」
「…いいじゃん」
「じゃあ先輩は、親に肌色とか名前つけられてもいいんですか」
「無理だ」
「ほら」
確かになー。それはちょっとこれからの人生考えるよな。
悪かった、うん。もう１度金魚鉢を見つめていたら、今度は春川が顔を輝かせて手を挙げた。
「はい！」
「春川さんどーぞ」
「ランラン、カンカン！」
「…」
どうですか、と俺を見つめる春川に無言になってしまった。
いや、それ。
「パンダじゃん」
「可愛いですよ」
「もっと魚っぽくしたほうがいいよ、絶対」
「生臭くってことですか？」
「合ってるような合ってないような…、いや合ってないか」
唸る、２人。
「…何がいいかなー」
「…ねー」
外から入る光に反射して、気持ち良さそうに泳ぐ金魚を見つめながら。
一瞬、俺は春川へと視線を向けた。
さらりとした黒髪が顔に少しかかり、どこか物憂げに金魚鉢を見つめる横顔は、心を揺らすには十分で。
春川は、中身のともなった綺麗さを持っていると思った。

「…、」
俺の視線に気付いた春川は、困ったように微笑んだ。
「どうかしました？」
「…ん、なんでも」
嘘だ。本当は春川に触れたかったし、とにかくなんでも、なんてことはなかった。
ただそれをしたら、春川は俺には近付かなくなりそうだな、と、頭の隅のほうで言葉が過《よ》ぎった。
「柊先輩の視線は、くすぐったいです」
「…そう？」
「はい。でも、嫌じゃないです」
あー、もう…。ぐちゃぐちゃになる頭はぼんやりとした熱を孕んで。俺は顔に集まる熱さを隠すように前髪をくしゃりと乱した。
心、って、こんなにも分かりやすいところにあるもんなのか。胸が、とてつもなく熱い。
「先輩？」
「見んな馬鹿」
「うわ、」
顔を近付ける春川の目元に手を当てて、視界を遮断したあとに遠ざけた。
色気のない声色は、どちらかといえば春川らしい。
その様子に笑えば、ばたばたと手を動かし抵抗しながら春川は拗ねたように口に不機嫌な様子を浮かばせた。
「先輩ってサディスティックなとこありますよね」
「ないない、俺フェミニストだから」
「…似合わないです」
まあね。どちらかといえば女に対しては冷たく扱う節さえあるから、春川が正しい。
語弊のないよう言えば、春川を大切に扱いたいというどうしようもない気持ちがある、無力な高校生なだけ。
「…、」
圧倒的な強さはいらないから、春川が笑っていられるくらいの守れる強さが欲しかった。
暴れたせいで乱れた前髪を、顔を振ることで直そうとする春川に苦笑い。乱れたのは俺のせいでもあるんだけど。その前髪に指先を通して元のようにしてやると、春川は眩《まぶ》しい時みたいに目を細めながら、ちょっと笑った。
「……、なあ」
「はい」
「柊先輩よりも、」
少し間をおいたのは、柄にもなく緊張したからだ。
「ハル先輩、の、ほうが…、嬉しい」
情けない。そう伝えるだけで心はいっぱいいっぱいになってしまった。静かな室内にはこれでもか、というほど俺の心音が響いてどうしようもない。春川にも聞こえていたら、恥ずかし過ぎてきっと俺はまともじゃいられない。
春川は、俺を見上げていた目を柔らかく細める。
「ハル先輩」
こんなに自分の名前が、綺麗な響きに聞こえたのは。
初めてだった。
「っ」
「ハル先輩」
「…、」
「ハル先輩」
「――っもう、何…！」
そう耐え切れずに言った俺。春川は「ハル先輩」ともう１度言うと。屈託なく笑った。

「私にも先輩にも“はる”があるな、って」
どことなく似てますね、そう言った春川に、俺は笑った。
「…ハル先輩」
「ん？」
「ことです」
「…、」
ゆっくり、春川に向き直ると真剣な眼差《まなざ》しをこちらに向ける春川。
「私の名前は、ことです」
「うん…、知ってる」
「…呼んでくれないんですか」
正直、そう来るとは予想していなかった。だから、心臓は予想せぬ春川の言葉にどきどきと高鳴る。
口を開いて、頭の中、心の中で何度も復唱したその名前を音にする。
「…こと」
呼べと言ったのは自分なのに、真っ赤になった彼女が、世界で１番可愛いと思った。
「っはは、真っ赤」
「だ、って…、」
いじけたように俺から視線を外したことに、なんともいえない可愛らしさを見せてもらった。照れ隠しなのか、苺牛乳を吸い出している。
俺も笑いがこぼれる口元へストローを運んで、中身を吸い出す。
甘さが、とても心地好かった。
「金魚、」
「…名前か」
「黒ちゃんと赤ちゃんにしましょうか」
「反対したくせに」
「ちゃんつけると可愛いですよ」
「そーか」

２人で甘い甘い液体を飲みながら、金魚鉢を見つめる。
椅子の間にある距離も、最初ほど遠くは感じなかった。どうしてかは分からないけど、藍《あい》色と橙《だいだい》色がまざって幻想的になった空が一瞬見えたら、学校だということも忘れてしまった。
「部活、楽しいですね」
「お前が楽しいならいいよ」
そう言ったら、やっぱり困ったように笑った。

「ハルくーん」
「きもい…、まじ」
俺の腰に手を回してきた柳橋に、迷いなき蹴りをいれる。呻《うめ》く柳橋をおいて昼休みの廊下を歩きはじめた。
「待った、ちょっとハル！」
「何」
駆け寄ってきた柳橋を見れば恨むような視線だったが、特別謝りもしなかった。柳橋は珍しく前髪を下ろしていた。
そうすると、中身ほどうるさそうには見えないのが罠《わな》だ。
「最近ことちゃんとはどーなの？」
「んー…」
祭の日から、俺とことはなんだかぎこちないながらも、少しずつ距離は縮まっているのだと思う。
夏服へと青春の象徴を変えた学生が溢れ返る校内、俺と柳橋は三階の窓際で立ち止まった。
「んーってなんだよ」
「まあ、普通」
「ずりーずりー、教えろよ」
うるさいな、こいつは。窓を開けてグラウンドを見下ろすと、忙《せわ》しなく動く人影。

「…元気だなー…」
「隙あらばお前はどこかに腰かけようとするからな」
「昼休みまで動くとか、勇者だろ」
昼練中らしきテニス部も見えて、ふと金魚のことを思い出した。
「でもさ」
急に柳橋の声のトーンが落ちる。ちらり、視線を向ければ柳橋はグラウンドを見下ろしている。
「ことちゃん、大丈夫なの？」
「………、」
ここ最近になって、ことの噂は３年の俺達にまで広まるようになってきた。
どちらかといえば、可愛い、などという噂が多いのだが。やはりことのことを面白く思っていない女子がそれに尾ひれを付け、あまり良くない噂も一緒に耳に入ってきた。
「女子ってえげつないよなー」
柳橋の言葉に、返事はしなかったが深く共感した。
ことが、何かをしたわけではない。ただ気丈に振る舞うことは俺達の年代では「調子に乗っている」や「うざい」と変換されて、いじめの対象になるだけ。
しかも。ことは、とても端整な顔立ちのせいもあって男子から声をかけられるのも、面白くないのだろう。
窓枠に腕を乗せ、グラウンドを見下ろした。
「本当、くだらない」

その日の放課後。俺は恒例となりつつある部活動へと向かった。
柳橋は俺とことが何かしているのには気付いているみたいだったけど、別にあとをつけるみたいな気持ち悪いことはしなかった。
体育館近くの自販機で、ことの分と俺の分の飲み物を購入する。

「…どれがいいかな」
ことにあげる飲み物を思案。結局、今回はグレープジュースにしてみた。
ガコン、と。小気味良い音がしてパックが落ちる。それを片手にまた歩き出した。
体育館の脇を抜けて、テニスコートの横を皆に見られないように突き進む。見えてきたプレハブ小屋に胸が不思議と高鳴った。
ことは、もういるんだろうか。
静かな室内。廊下を呼吸さえもひそめて、奥の部屋へ向かう。半開きになった古ぼけたドアから、中を覗いた。
「————…、」
ことは、金魚鉢を自分の目線に合わせた棚の段におき、見つめていた。
あまりに真剣なので、笑いながら声をかけようとしたのだが、そこで不思議なものを見る。
「あー…、あー…」
金魚に向かって言っている、わけではなさそうだけれど。小さく、まるで呟くようにそう言っていた。良く理解しないままに俺は視線を注ぐ。
「…、」
眉をひそめたことは、口をぱくぱくと動かして金魚を見つめる。
自然と、声をかけていた。
「金魚みたいだな、お前」
苦笑いまじりの俺の声に、ことは心底驚いたように顔をこちらに向けて体をびくつかせた。
ゆっくり歩み寄ると、ことの不安そうな瞳が俺を見つめる。
「ごめん、驚かせた」
ぽん、と。なるべく安心させるように頭に手を乗せると、ことはちょっと目を細めて、小さく笑った。
「何してたの」
俺も一緒に金魚鉢を覗き込むと、ことは焦りながらも答えた。

「え、っと…、金魚の真似《まね》を…」
困ったような、苦笑いのような、そんな形容し難い笑みを浮かべたことは小さく言った。
なんだそれ、と。言った俺に、ただ曖昧《あいまい》に微笑む。どこかおかしい雰囲気に俺はどうでもいいことを口走る。
「…そうだ、名前」
「名前…？」
「うん。部に名前なかっただろ」
何を言っているんだ。きょとん、とすることを見ながら自分の、話題を逸らすあからさまなやり方に、溜め息が出そうだ。
「…今のところ、活動って言っても金魚の世話しかしてないからさ」
「金魚って入れますか？」
途端、何故か輝くことの表情。良かった、良く分からないけれど楽しいらしい。
俺はそんなことに頷く。すると、「えっと…」なんて悩みながらことは案を出す。
「金魚部…？」
「…なんか生臭そうだな」
「おさかな部、とか」
「んー…」
ことが金魚を見つめるから、俺もしゃがみ込むようにして金魚を見つめる。
優雅な動きと、少し揺れる水。俺の口から、こぼれるみたいに出た言葉が。
「金魚、倶楽部」
「…きんぎょくらぶ？」
ことに復唱されて、やっと自分がそう言ったのだと理解した。
こちらを見つめることに視線を向けた。するとことは。

「気に入りました」
嬉しそうに、でも、なんだか切なそうに笑った。
“金魚みたいだな、お前”
俺はこの時、とてつもなく残酷なことを言ってしまったのだと気付くのは、もう少し先。

俺と後輩と距離

「こと」
「っ」
廊下を駆け抜ける頼りない背中に向かって呼びかける。華奢な背中はびくり、驚いたように震えたあとにゆっくり振り向く。
揺れた黒髪の向こうから、見慣れた顔が俺を見た。
「転ぶぞ」
俺だと分かると、困ったように笑いながらこちらへ駆け寄る。だから転ぶ、って。
と。
「わ、」
「っ、」
目の前で、ことは盛大に転んでしまった。伸ばした腕は空《くう》を切り、ことは廊下に沈む。少し距離が足りなかった。
「、たー…」
「全く…」
しゃがみ込んで、廊下にいる生徒の視線を独り占めすることと視線を合わせた。
上半身だけ起こしたことは、涙目。そのおでこに強めのでこぴんを見舞ってやった。
「注意したばっかだろ」
「…足がもつれて」
すみません、と言いながら立ち上がろうとすることだけど、なかなか起き上がらないので、俺は両脇に手を差し入れてことを立たせた。
思いっきり恥ずかしそうにされたが、離せばおとなしくなった。ただし頬はきっちり赤みを帯びていたけど。
「何急いでんの」
この先には体育館しかないというのに。まだ昼休み。俺はパックからミルクティーを吸い出しつつ、ことを見下ろした。
ことは俺の問いで目的を思い出したらしく、また背を向けようとするので首に腕を巻き付けて阻止した。
「私、あの、行かないと…！」
「だからなんで」
ちらり、言いにくそうな視線を俺に向けたこと。なんだよ言えよ、なんて視線で返せば、気まずそうに長い睫毛に縁取られた瞳は泳いだ。
そして。
「香代子先輩に、呼ばれてるんです…」
「…、」
香代子…、って。木田のことか？　いつの間にかそんなに仲良くなっていたのかと、どこか不安になる俺がいた。
そんな俺の言葉を待つことの瞳に気付き、ゆっくりと音を紡いだ。
「…木田と、そんな仲良かったっけ？」
「は、い…。結構メールとかしますよ」
なんでもないことのように言ったことに俺はかなりの衝撃を受けた。効果音がついてもいいくらい、まるで頭を誰かにぶん殴られたみたいだ。
(俺も…、知らないのに)
ことのアドレスを知る木田に、良く分からないが、酷く苛立ちを感じたのだった。
「…ハル先輩？」
「…、」
見上げたことに、俺は無表情で言葉を返す。
「俺も行く」
「…え？　なんで、」

「俺も、行く」
えー…ということの非難じみた視線を無視し、ひきずるようにして足を進めた。
「先輩、ちょっと、恥ずかしい…！」
ひきずる俺にひきずられること。ばしばしと首に回る腕を叩くことに、俺は全く解放する気もなく、待ち合わせ場所がどこか思い浮かべる。
すれ違うやつらがことを。女は俺を。それぞれに冷やかすように声を上げるが、そんなことはどうでもいい。
「ハル先輩ってば…！」
「うるさ…」
「じゃあ離して下さい！」
「却下」
靴が脱げる、と騒ぐこと。待ち合わせは体育館？　いやいやそんな告白みたいなことはないはず。
うーん、と悩む俺に、どこからか不思議そうな声色が飛んできた。
「ハル…？」
「…、」
振り返るといたのは、呆然と立ち尽くして目を見開く……
「木田」
「あ、香代子先輩！」
同時に口を開いた俺達。木田は俺に隠れるようにしていたことの存在にまた重ねるように驚きを見せた。
「こと、ちゃん…？」
「す、すみません」
わたわたと木田に謝ること。木田は優しく笑って首を横に振ってから、俺を見上げた。
「…仲良しだね」
「…おー」

どこか含みのある言い方は、ことを独占していた俺に対する呆《あき》れだろうか。まあどうでもいいけど。
暴れることを解放すると、ことから一発軽いパンチがプレゼントされた。痛くもないそのパンチに、笑う。
「あ、じゃあことちゃん、行こうか」
「はい！」
俺の隣から木田のほうへ駆け出したことだが。
「っわ、」
その手を、掴む。ぐんとのけ反ったことは本気で驚いたような瞳のまま俺を振り返った。けれどそれはこの際スルーして木田へと視線を向けた。
「俺も行く」
「ハルも来るの？」
「うん」
一瞬。困ったような表情を浮かべたが、しょうがないというように笑った木田。耳に髪をかけながら口を開く。
「まあ、いいか」
「断られてもついてくけど」
それに対してことは小さく「えー…」とかなり嫌そうな声を出したが、無視。
「行こうか」と歩き出した木田に今度こそ駆け寄ること。だが半歩後ろを歩く俺を振り返った木田は、小さく言った。
「ことちゃんのこと心配？」
心配、と言うのかこれは。ちょっと考えながら廊下の掲示物に気を取られていることを見つめた。
「…うん、かなり心配」
また転びそうになること。だから気をつけろ、って言ってるのに。
「ちゃんと前向け」
「はーい」

ことは分かっているのかどうか。にっこり笑ってまた視線を掲示物へ向けた。
「…、そっか」
木田の声が、酷く、落ち着いていたように思えた。

たどり着いたのは、何故かプール。今は水泳部が使っているので水は綺麗だ。水色のプールの底が覗けて、なんとなく夏の近さを見た。
「プールだ…！」
「走るなよー」
フェンスにかじりついたことは、そのままドアへと走り寄って中へ入っていく。木田はそんなことを小さく笑った。
「なんでプール？」
「静かなところで話したい、って言ったんだけど」
「プールしか思いつかなかったから」と苦笑いを浮かべた木田に、ふーんと返す。色白で細身なこととプールは、あまり似合う気がしなかった。
俺達もあとを追うようにプールに入った。すると足を消毒槽の中につけたことが、プールサイドに腰かけて足を入れていた。
「冷たい…」
楽しそうなことが、酷く、可愛かったのを覚えている。
俺もことの隣に座り、靴と靴下を脱ぐ。中には入れないものの、風で寄せられた水が足にかかって冷たい。
木田も、そっと腰かけた。夏が近いそこで、３人で風に吹かれながら一足先にプールの水を感じていた。
「あ、そうだ香代子先輩、お話ってなんだったんですか？」
ぽちゃん、と。水の中で足を泳がせたことが木田のほうを向く。それに木田は小さく笑いながら首を振った。
「別に。特別なことがあったわけじゃなくて、ただ話したかったんだ」
「そうですか」

ことはその言葉に嬉しそうに笑って、照れて赤くなる頬を隠しながらまた足元へと視線を落とした。
ふと木田を見れば、どこか遠くを見るような瞳。
何を見ていたのか、その時の俺には、分からなかった。
「ハル先輩が無理矢理ついてくるからですよ」
恨めしそうな声色で俺に向き直ること。そのおでこに容赦なくでこぴんを見舞ってやると、鈍い悲鳴が上がった。
「…暴力反対」
「コミュニケーションだよ」
にやりと笑ってやると、小さく睨まれてしまった。あまりにも威力がないからまた笑ってしまう。
と。
木田が髪を耳にかけながら言う。
「本当に仲良しだね、ハルとことちゃんは」
「そうですかね？」
気恥ずかしそうにことが言った言葉に、木田は微笑んだ。そして視線をことから俺に向ける。
ゆっくり見つめられ、変な感覚が胸に残る。
「ハルは、他人にかまったりするような性格じゃなかったのにね」
「……、」
木田の目が、俺を見つめたまま揺るがない。その瞳は怒っているわけでもなく、どこか。
寂しげに、見えた。
「…まあ、そうかもな」
少し間をおいてそう言うと、木田はやはり寂しさを残したまま、小さく微笑んだ。
「ハル先輩ってそんなに冷たい人じゃないと思いますけど…」
ことはまた水中で足をばたつかせて、独り言みたいに言ってから木田を見た。
「そうだね。ことちゃんには、違うみたい」
「え…、そう、ですか？」
悪い意味なのか良い意味なのか分かり兼ねているのか。ことはちょっと困ったように首を傾げた。
木田は、相変わらず微笑むだけだった。
それから、女子2人は段々と打ち解けて俺が入る隙間のないくらいに会話に花を咲かせた。
購買部のキャラメルホイップパンがどうだとか、駅前に出来た店は前の店のほうが良かっただとか。
とにかく。どうでもいいことだけど2人には大切なことで。そんな会話を延々と楽しそうに続けていた。
昼休みが終わるチャイムが鳴っても、終わらない。
「…分っかんねー」
俺の独り言は、2人の笑い声に消された。まあ、いいか。

「あれ、今何時ですか？」
急に焦ったような声色を出したことに、木田も我に返り小さく焦燥の表情を見せる。
ずっと置き去りにされていた俺は日陰にある薄ぼけた青色をしたベンチに腰かけながら返事をした。
「もうそろそろ5時間目が終わる」
「…、」
そんなに？　なんて言いたそうなこと。それに対して俺は言いたい。同じ時間だけ俺も放置されていたのだと。
木田はその細い体を持ち上げて、髪を耳にかけた。
「ちょっとお喋りし過ぎちゃった、ごめん」
「あ、私こそ、ありがとうございました」

木田はことが頭を下げる姿を優しく微笑んで見ていた。なんだか前ほど２人が一緒にいることに違和感がなくなっていた俺は、それを遠目に見守る。
こともプールから足を抜き、ぺたぺたと音をたてながら俺に近付いてきた。
「ハル先輩ー…」
「あー…、もう水浸しだな…」
ことが歩いたあとが水に濡《ぬ》れていて、苦笑いを浮かべてしまった。
「私の靴、取ってもらえますか」
「靴？…ああ、これか」
ベンチの横に靴下も入った靴が揃えておいてあったのを渡す、が、
「…、」
「…、」
ことも気付いたらしく、靴を受け取ろうと腕を伸ばしたままで固まった。
「足、びしょ濡れじゃん…」
「………」
そんなことに木田がハンカチを差し出す。さすが女子。俺なんかポケットに小銭とガムしか入ってないのに。
木田はことの足元を見て笑いながら言った。
「使って？」
「いや、でも…、悪いです」
「大丈夫」
ほら、と差し出されてもなかなか受け取らず渋る、こと。
ああ、もう、変なところで意地をはるやつだ。木田が先輩だから遠慮をしていること。俺は手に持った靴を落とさぬようにしながら。
「っ、ちょ、っと、」
「うるせ」
ことを、抱き上げた。見た目通りの軽さなことは、手足をばたばたさせ

て暴れる。その度にはためくライトグレーのスカートの裾《すそ》が際どいことに気付いて欲しいんだが。
木田も驚いたようにハンカチ片手に目を見開いているが、俺はもう歩き出していた。
「もう授業終わるから、早く行くぞ」
「あ……、うん」
ちんたらしていたら、誰かに見付かるかもしれない。ワンテンポ遅れて俺のあとをついてくる木田を確認しながら、プールをあとにした。
「…私、幼稚園児じゃないのに」
ことの呟きに、笑った。プールを見ただけであんなにはしゃいでいたやつが言うことだろうか？

校舎に着く頃にはすっかり乾いた足。あれだけばたばた暴れれば、そりゃあ水分も飛ぶだろう。
ことと別れ、静かな階段をゆっくりと木田と上がる。２人きりになると嘘みたいに会話は途切れてしまった。
正直…、何を話したらいいか分からない。だけどわざわざ話題をこちらから出すほど俺は社交的じゃないから、無理に沈黙を打破することはしなかった。
木田がゆっくりと言葉を発した。
「いい子だね、ことちゃん」
「…うん」
ちらり、木田を見ると、木田も俺を見ていて、微笑んだ。やはり何度見ても大人っぽく笑うやつだと再認識。
「いじめ、られてるんでしょ？」
「……、」
咄嗟に、眉根が寄った。
俺が何かを言う前に木田が伏し目がちに言葉を続けた。

「噂なんて酷いものばかり」
「…、」
「ことちゃん傷付いてるだろうに、偉いね、ちゃんと学校に来て」
「…そうだな」
なんだろう。別に木田が変なことを言ったわけじゃないんだけど。どこか、言葉の節々に違和感が残る。
それがなんなのかは明確には分からなかったけれど、俺は、やはり木田とことが近付くことに少し不安を感じたのだった。

「じゃあ、気をつけて帰れよー」
解散、と言った担任。帰りのホームルームが終わった俺はあくびをこぼして窓の外を見た。
すると、その視界を遮るようにチャラい顔がいっぱいに広がったので、今度は溜め息を吐いた。
「…きもい」
「ひっで…！　思春期にはそういう言葉が１番傷付くんだかんな」
「はいはい」
柳橋は口を尖《とが》らせて抗議してくるが、全く可愛くもないし、やはり気持ち悪くて腹立たしい。なんだこの感じ。無性に殴りたい。
そんな柳橋は掃除のために行動しはじめた周りを見て、すぐに俺ににやにやした視線を向けながら言う。
「随分モテますね、ハルくんは」
「は？」
思わず窓の外から柳橋へ視線を向ければ、にやにやとしたまま柳橋が続ける。
「木田とも仲良いみたいじゃん？」
「…別に、違う」
一緒に授業をサボったことを言ってんのかこいつ。万が一のことも考えて、俺は飲み物を買うと口実を作ってまで教室に戻るタイミングをずらしたのに。
ムッとする俺にけらけら笑う柳橋。
「クラスの女子、木田に嫉妬の嵐《あらし》だよ」
「…なんで」
「あーはいはい。鈍感ボーイだからね、ハルは」
言い方が凄まじくうざい。舌打ちをした俺は、そのまま机の下から伸ばした足で柳橋を蹴る。すると即座に謝ってきた柳橋。
「だーから、ハルのこと格好いい！　とか思ってる子達が嫉妬してんだって」
「なんで俺なんだよ」
「顔じゃね？」
「…、」
顔がいいなんて自分じゃ１度も思ったことがない。あまりにも俺が周りに冷たいから逆に興味をひいてるんだろうか。分からない。
肩をすくめてみせた俺に、柳橋は芝居がかった調子で大袈裟に溜め息を吐いた。
「…」
やっぱりこいつむかつくんだよな…、本当。
「ハルは分かってないねー…」
「………何が」
嫌に落ち着いた口調で笑う柳橋に、自然と眉根が寄った。何が言いたいのかはっきりしない柳橋に苛ついたから、それだけ。
そんな俺の心中を見透かしたらしい柳橋は、自分の席に寄りかかりながら、教室を見渡した。
「案外、人って自分のこと見てんだよ」
「…」
「だから、気をつけろよ、ハル」

向けられた視線。俺はいまいち腑《ふ》に落ちなかったけれど、おうと小さく呟いた。酷くうるさい教室内なのに、俺は、ひやりと背筋が冷える感覚に喧騒から遠ざかった気がした。
（人に関わりたくない俺は、）
（他人の行動や言動を、）
（理解しようとも）
（しなかったのか）
「…人、か」
ここは人で溢れているというのに、俺は楽観視し過ぎていたのかもしれない。

「あ、ハルくーん」
「…あ？」
中身のない鞄はいつものこと。それを持ちながら廊下をぶらつけば、悲鳴かと思うくらい高い声に呼び止められた。
振り返ると、１年の頃一緒のクラスだった女。名前は…忘れたのか、元から覚えていなかったのか。
「今日帰り付き合ってよ」
「あー…ごめん、用事あるから」
「用事…？」
「うん」
途端に、女は目を少し吊《つ》り上げて口調もさっきとは違って荒々しいものへと変わった。
「まさか木田と本当に付き合ってる？」
「は？　なんで木田が出てくんの」
「だってかなり噂になってんじゃん？」
「…、」
もう落ち着いたとばかり思っていた噂話に、溜め息。その態度に心配そうに腕に触れる女。
「ごめん、怒った？」
「あー………、いや」
正直、なんの感情も抱いていない。でもそれを口に出すほど馬鹿じゃない。とにかく早くことのところへ行きたくて、俺はそっと腕を離した。
「とりあえず、それ嘘だから」
「まじ？　まあ、だよね。木田とかナイし」
「…、」
けらけら笑っているこいつ。何も言わない俺に、「だってー」と続けた。
「ハルくんって彼女とかいらなそー。つか、女の子嫌ってそう？」
「そこまでじゃないよ」
苦笑いを浮かべた俺に、女はまた笑った。俺自身が笑われていることに不快感しか抱かない。
「あ、でも」
「ん？」
「“春川こと”、だっけ」
「っ」
急に耳にしたことの名前に、苦笑いは固まって、心臓は血流を一瞬止めた。
だがすぐにド、ド、と血が音をたてるくらい騒ぐ。何故、今、ことの話になる？
「ハルくん、仲良しなんでしょ？」
「———っ、」
反応出来なかった。だけど女は拗ねたみたいに俺に言葉を続けた。
「聞いたよ？　１年のとこまでハルくんが迎えに行くんだって？」
「、そうだけど…」
「いいなー、私もそんなことされたい」
うまく笑えない。ちょっと怖くなったんだ。前に俺のクラスのやつがことを呼び出したりしたし、まさかそんな幼稚なやつが何人もいるとは思いたくないけど。
“もし”、があることが、俺は嫌で嫌でしょうがない。
「…なあ、その話って結構広まってる？」
「え？　どうだろ。ハルくん好きな子なら知ってるんじゃん？」
「…ねぇ、俺そんなにモテないから」
そう言うと、女はつけ睫毛を揺らしながら笑った。
「なびかないところがいい、ってモテてるよ」
「…本気で分からない」
「ハルくん思ってるより、モテてるから」
照れるとか謙遜《けんそん》とかなしに、俺は信じられなかった。

「こーとー」
「わ、…ハル、先輩」
入口から顔だけ覗かせると、先に到着していたことが勢い良く振り向いた。慌てたような声色に、少し笑う。
「なんか…、疲れたわ今日」
「どうかしました？」
「んー…」
どうぞ、と差し出された椅子に「どうも」、と腰かける。ことは金魚に餌《えさ》をやっている。
そんな姿を見ながら、色々と言葉をまとめてから、吐き出すように言った。
「周りの評価を押し付けられた、って感じ」
「評価、ですか」
「うん。どうでもいいことなのに、皆そこばっか気にしてる」
「…、」
ちらりとことが俺を見た。前髪の間から見えたことは、困ったように微笑んで。
「ハル先輩がどうでも良くないこと、ってなんですか」
珍しく、ことは俺をからかうような言葉を口にする。くすくす、口に手を当てて笑うことが少し可愛い。
「あるよ、色々」
「例えば？」
「昼ご飯のこととか、飲み物のチョイスとか」
「えー？」
笑って俺を見ること。金魚がいる棚に背を付けて俺を見つめる。
俺は指を折りながら続けた。
「あとは金魚倶楽部もそうだし。あ、あと金魚も」
「それは私もです」
嬉しそうに金魚を見つめること。
「あと…、」
金魚を見つめることの横顔を見ながら、言葉を止めた。それにことは不思議そうに俺に視線を向けて、真っすぐな瞳の中に俺をうつした。
あと。
「こと、とか」
右手の小指を、ゆっくりと折り曲げた。
「…」
ことは、頬を桃色に染めながら俺を見つめて、困ったように微笑んだ。
「ハル先輩」
「…なんだよ」
「…照れるなら言わないで下さいよ」
「…うるせ」
俺は熱が急激に高まる顔を腕で盛大に隠し、横に座り直した。がたり、椅子が音をたてた。
「私も、」

「…」
「ハル先輩は、どうでも良くないです」
「………あっそ」
あっそ、って俺はどれだけ態度悪いんだよ。
ことはゆっくりと近付いて、俺の横の椅子に静かに腰かけた。
背中に感じる、ことの気配。
「これも相思相愛、って言うんですかね」
「…そうじゃない？」
「まだ照れてるんですか」
「照れてない」
ことが、小さく笑った。

俺と後輩と感情

「ハル、ハル、ハルー」
「…」
どん、と背後からタックルのように抱き付いてきた柳橋に苛立つ。男のくせに面倒。うざい。重い。うざい。そんな言葉が頭を過ぎるが、口に出すことすら億劫なので黙ったまま溜め息を吐いた。
すると柳橋はにやにやとしながら俺の頬を突いた。殺意が芽生えるのは、どうしてだ。
「ハッルくーん」
「…あ？」
「ご機嫌斜め？」
うるせーよ。きもい、と言って柳橋から離れようとしたが、俺はそんな柳橋の口から出た言葉に固まる。
「ことちゃん告白されてたよ」
「っ」
ぴくり、と面白いほどに体は素直にそれに反応する。柳橋はそんな俺が愉快なようで、にやける顔のまま覗き込んできた。
「気になる？」
「…なんねー」
嘘。気になるに決まってんだろ。

もう夏の大会間近。どこの部活も気合いを入れはじめて、学校全体が活気づいている。
そんな健全な雰囲気の中で、やはり青春の象徴ともいえる告白などの噂話も増えるわけで。

「…」

「なんか、昨日の放課後告《こく》られたらしい」

だからか。昨日ことは30分ほど遅れてきて、なんだかそわそわしていた。なるほど、そのせいか。

柳橋が俺の頬をぺちぺち叩く。

「顔がすんげー怖いけど？」

「元から」

けらけら笑う柳橋を振り払い、俺は飲み物を買うために自販機へ。どうやら柳橋もついてくるらしい。うざい。

お金を入れ、目当てのカフェオレのボタンに指を伸ばす、が。

「…は？」

赤い文字が浮かび上がる。これはまさか…そう思っていると柳橋が後ろから読み上げた。

「売り切れ。ざーんねん」

まじで、うざい。

苛立つ俺。近くを通り過ぎる顔見知りが「どうしたー」と間延びした声で聞いてきたが、曖昧に濁しながらとりあえず、カルピスを購入。気分じゃないのに。

がこん、といつも通りの小気味良い音がして、それにつられるようにしゃがんでパックを取り出す。振り向くと、苦笑いを浮かべた柳橋がいた。

「ハルってまじでことちゃんのことになると分かりやすいよな」

「…」

無言。ストローを取るふりをしながら、図星だと自覚した。

そんな俺に柳橋は笑いながら、

「まあまあ、断ったらしいから安心しろよ」

「…え、断ったの？」

「断りましたけど」

「なんで」
「なんでって言われても…」
金魚に餌をやることは、答えを探すように視線を斜め上へと泳がせる。
俺はミルクティーを飲みながら見守った。
現在放課後。ことと俺は６月下旬のまとわり付くような暑さが感じられるようになった今も、相変わらずこのプレハブ小屋に集まっている。
そして。昼間、柳橋から聞いた情報をそのままダイレクトにことへぶつけたのだった。
「…好きじゃありませんでしたから」
「ふーん…」
「…なんですか、その目」
「いや別に」
好きじゃない、と言うと、まるで好きな人がいるかのような余韻を言葉に感じた。
けれど首を傾げて俺を見てくることに、そこまで追求することはせずにゆるく首を振ってみせた。
と。
ことは手を洗ってくる、と言って部屋から出ていった。
「…」
俺は溜め息を吐きながら、ことの鞄に近付く。
革の鞄を静かに開ければ、やはり。
「また、か…」
切り裂かれたスカーフ。表紙の破かれた教科書。
スカーフを持ち上げて、俺は自分の髪の毛をぐしゃりとかき乱した。
一時期。ほんの一時期だが、ことへのいじめは消えた。けれどそれはあくまでも次のステップへの束の間の休息でしかなく、１週間もすると過激さを増したいじめが続行された。
これといった反応や抵抗をしないことが、気に食わない。でも逆に言えば都合がいい。
もっとやる。悪循環。反吐《へど》が出そうだ。けれど現実だということに変わりはない。
「…何が、」
大丈夫です、だ。いつもいつも、それはもはや定期的なやり取りとなった俺とことの会話。
主語はなく、ただ一言「大丈夫？」と聞く俺にことは、「大丈夫です」と笑って答える。
これが大丈夫なわけ、ないのに。
「…」
パタパタと聞こえた足音に振り向けば、ことがハンカチで手を拭《ふ》きながら入口に立っていた。
そして、目が合う。
「…これ」
「あ、」
しまった、と体を強張らせることに溜め息。どうやら叱《しか》られるとでも思ったのか、俯いてしまった。
俺は立ち上がって、そんなことに近付く。
「誰にやられたんだよ」
「そこまでは…、ちょっと」
「…教科書は」
「お、同じクラスの子だと思います…」
なんて幼稚なのだろうか。そう思っても、いじめが消えるわけではない。
せめてもの救いはことが学校に来ている、という健気《けなげ》な事実。
俺は、さらりと流れることの髪を見下ろして、そこに手を乗せた。
「…っ」
「新しいの、俺が買ってやるよ」
「いいです、そんなの自分で…、」

「先輩の言うこと聞け」
強引に撫でれば、ことは驚いたような声をもらしながらも。もう反論はしなかった。
(こんないじめ、どうにか、ならないかな…)

「スカーフ下さい」
「…」
そう言った俺に、購買部のおばさんが不思議そうな顔をする。
「…スカーフは女の子の制服だけだよ?」
「後輩の」
「本当に?」
何故こんなところで白い眼を向けられているんだ、俺は。あらやだこの子気持ち悪いわね、みたいな目で見てくるおばさん。結構恥ずかしい。なんと言って信じてもらおうか。俺はまるで痴漢扱いされたサラリーマンのような心境になっていれば。
「ハル?　どうしたの?」
「…あ」
ナイスタイミング。俺の肩を叩いたのは、不思議そうにする木田だった。俺は事情を説明しようとするが、おばさんの視線が痛いのでなかなか言葉を発さないでいると、
「一回出よう」
木田はそう笑って、俺を購買から連れ出した。
廊下に出れば、登校してきた同級生とすれ違う。そんな中で木田は、振り返った。
「何してたの?」
「あー…」
事情を知っている木田に、かい摘まんで説明すると笑われてしまった。
「なるほどね」

「…笑うな、って」
「だって本当にハル、困ってたみたいだったから」
くすくす笑う木田に、恥ずかしくなった。そんな俺は、逆に木田に質問を投げかける。
「木田が購買にいるって珍しいな」
「うん、お昼ご飯買いにきたの」
お弁当忘れたから、と。苦笑いを見せた。
「でもパンとかお弁当、11時頃に配達されるから朝じゃ買えないんだね」
「まあな」
「せっかく込む前に来たのに」
あーあ、と残念そうにする木田。見た目はどんな女子生徒よりも大人っぽいというのに、その仕草はとても子供っぽかった。
「あ、そうだ」
そう言って俺を真っすぐに見つめた木田は、１つの提案をした。
「私のスカーフ余ってるから、ことちゃんにあげようか」
「え、本当？」
「うん。知り合いの卒業生から何枚も貰ったから」
微笑む木田に、心底ありがたさを感じた。これであのおばさんから変態扱いされなくて済む。
「ありがとう」
「ううん、なんか、私も役にたてて良かった」
小さくはにかむ木田に、俺も笑いかける。
「優しいな、木田」
そう言った俺に、ちょっと驚いたように目を見開いた木田。
首を傾げると、
「ハルからそんなこと言われたの、初めてだったから」
「…なんか、ごめん」

「あ、違うの、責めてるとかじゃなくて」
慌てて顔の前で手を振って否定した木田は、
「嬉しいな、って」
そう言ったのだった。

「ことさん」
「うわ、」
グラウンド側から回り、暑さから逃れようと開け放たれた窓から中を覗き込んだ。そしてプリントを見下ろすことに、一言。
心底驚いたらしいことは体を跳び上がらせ、悲鳴まで上げた。悪いと思いつつも、俺は笑ってしまう。
「ハ、ハル先輩…！」
「ごめんごめん」
笑い声をたどり、俺を見付けたことは顔を紅潮させて声を荒立てた。
まだ授業がはじまる前の教室は、どこも同じようなもので。男子は馬鹿みたいに騒いでいるし、女子は携帯片手にお喋り。
その中でことは、ただ黙って席に座っていた。
「スカーフのこと」
「あ、本当に買いにいったんですか！」
「変態扱いされてそれは失敗した」
ことは複雑な表情で俺を見つめた。後悔はしていない。
「でも木田が知り合いから貰ったのが余ってるからくれる、ってさ」
「香代子先輩が？」
「うん」
するとことは小さく微笑んで、嬉しそうにした。思わず手が伸びそうに――…。
「っ」
待った。なんだ、今のは。手？　は？　ちょっと待て、なんで手が伸びそうになるんだよ。
固まる俺を不思議そうに小首を傾げて見つめることから、するりと視線を逸らして混乱する頭をなんとか冷静にしようとする。
俺、今…、ことに、触れたいと思った、らしい。
「ハル先輩？」
「…あー…もう」
「あの、どうかしました？」
「…、」
心配そうに見つめること。俺はそんなことを見つめて、やっぱり視線を逸らした。
「なんでもない、です」
「………（敬語…？）」
調子が狂う。
「春川、ちょっとノート見せて？」
ふいに教室のほうからそんな声が聞こえて、ことはぴくりと肩を震わせた。俺も体を傾けて、声の主を探す。
と。
１人のまさしくサッカー部、みたいな男子がことに近付いてきた。
ことは、どこか落ち着かなそうに視線をふらふらと泳がせるものだから、俺は不思議に感じてそのまま視界に入れていた。
「春川、聞いてる？」
「あ…、うん、ちょっと先輩と話してたから」
「そっか、悪い」
俺に小さく頭を下げるサッカー少年に、ことはゆるく片手を上げる。珍しい。ことが男子生徒と話している姿を見ることが、だ。
ことは下を向いたままノートを渡して、それきり黙る。
「ありがと」
「…、」

立ち去るサッカー少年は、また俺に頭を下げて教室を出た。
「………は？」
そう、教室を出たのだ。ぽかんとする俺に、ことは困ったように微笑む。
「最近良く来るんですよ」
「待った、違うクラスなのにノート貸すっておかしいだろ」
「……まあ、はい」
はあ、と溜め息を吐いたことは机に突っ伏す。怪訝な顔を浮かべたままの俺に顔を向けて、疲れたように言った。
「なんか、苦手で」
「じゃあやめて下さい、って言わなきゃ」
「んー…」
ころん、とまた机に顔を隠す。髪の毛がさらりと流れて表情が見えなくなってしまった。
煮え切らない態度でごまかすことの名前を、ゆっくりと呼んだ。
すると、眉尻を下げたことの顔が俺を向いた。
「怖くて、言えません」
「…怖いって、何が」
そう聞けば、ことはまた口を閉ざした。けれど諦めずにしっかり瞳を見つめると、やっと口が開く。
「…あの人、なんだか夜に変な人達と遊んでるらしくて」
「なんだ、そんなやついっぱいいるじゃん」
「でも…！　なんか、噂では薬とか、色々…」
どうやら、どこかの馬鹿なやつらと繋がっているらしい。下手《へた》に刺激しても怖いと思ったのだろう。
ことはそう言うと、不安そうに体を起こした。
「大丈夫、ただの噂だから」
「…けどやっぱり言えません」
力なく視線を落とすことに、今度は自然な動作で頭を撫でてやれた。

「何か巻き込まれそうになったら、言えよ」
「…はい」
「すぐに、行くから」
その言葉に頷いたこと。最後にその頭にぽんと手をおくと、校内には授業開始を知らせるチャイムが鳴り響いた。
また、１日がはじまる。
ことにとっては長く、俺にとっては面倒な、そんな学校生活が。

「だからさ、俺は思うわけよ」
「…」
「社会で大切なことっていうのは、自分で見付けることであって教えられるものじゃないんだよ」
柳橋は英語のテストを見ながら、大袈裟なまでに首を振りながら軽く嘲《ちょう》笑《しょう》した。
俺はカルピスを飲みながら、そんな柳橋に白い眼を向ける。
「お前、日本から出るなよ？　この点数だったら海外で命を落とすことになる」
「うるせえ！　俺じゃなくて、世界が悪いんだ」
「本当、お前は見てて辛いよ」
まさかの１点を取った柳橋は、もはや体罰だなんだと騒がれるこのご時世だというのに教壇前で先生に頭を叩かれていた。
先生は知らない。柳橋が真面目にやり、その点数を取ったということに。
「ふざけるな」と柳橋を説教していたが、柳橋はふざけるどころか、前日徹夜していた。
それなのにその点数を取るということは、ある意味ハイレベルである。
俺はそんな柳橋を見つつ、またカルピスを飲んだ。
「ハルは何だかんだ言っても頭いいからいーじゃん」
「普通だろ。お前が異常なだけ」

ぎゃーぎゃー騒ぎ立てる柳橋に眉をひそめ、自分のテストを見た。まあまあだ。
「柳橋、お前昨日の夜、数学の教科書でも見ながら勉強したんじゃない？」
「…ハルくん、ちゃんと英語の教科書だったよ」
「そうか。それで、１点か」
柳橋には、俺には分からないカリスマ的な何かが備わっているらしい。そう適当に片付け、俺はまたカルピスをストローで吸い出す。甘い。
昼休みももうすぐ終わり。周りはまだまだ楽しそうなお喋りを続けていて、学校特有のうるささが教室内を支配していた。
「あ、サッカーやってる」
ぐしゃり、不吉な音を出しながら柳橋がグラウンドを見下ろした。手にある潰れた紙からは、１と書かれた赤い文字が見えたような見えないような。
俺もつられるように見下ろす、と、
「…あ」
見付けた姿に、思わず間抜けな声をもらす。柳橋がこちらを見たので、俺はグラウンドを指さした。
「あいつ、あの今ゴール前で手上げたやつ、知ってる？」
「えーっと…、見えねぇな。んー？　ああ、はいはい知ってる知ってる」
目を細めながらそう声を高くした柳橋。
「あいつ、どんなやつ？」
「あー…、まあ、人は良さそうだけどね」
含みのある言い方。やはり、ことが言っていたことは本当なんだろうか。俺は、前に１度会った男子生徒を見つめて、目を細めた。
「ハル知り合い？」
「ことに付きまとってる」
「なるほどね」

笑いながらも、今回はちゃかさない柳橋。そして苦笑いを浮かべながら、俺を見た。
「あいつは気をつけたほうがいいよ」
「…」
ちらり、笑顔でサッカーをする姿を見つめた。

――放課後。
もはや日課となった、ことと俺の分の飲み物購入。カフェオレが復活してたけど、あえて苺牛乳とミルクティーにしてみた。
ガコン、ガコン、と立て続けに響いた少しくぐもった音。しゃがみ込んで両手に持つと、秘密の部室へ向かった。
プール脇を通り過ぎ、テニスコートも通り過ぎようとした、が。
「ハルー！」
「っ」
びくり、草むらの中で驚きに跳び上がったのは俺だ。だって、誰かに見られるとは思ってなかったから。
「ねーねー何してんの？」
隣のクラスのやつであることは分かるが、名前が分からない。俺はポニーテールのその子に苦笑い。
「メモが風で飛ばされちゃって」
「うそ、まじ？　捜すの手伝う？」
「大丈夫。練習、頑張って」
そう言ってやると、きゃぴきゃぴしながら機嫌良くテニスコートへ戻っていった。
そんな姿に人知れず安堵《あんど》の溜め息を吐き出し、またプレハブ小屋目指して歩き出した。
「…静かだな」
ぎしり、古い板張りの床が悲鳴のような音を鳴らす。俺は手元のジュースを握りつつ、奥の部屋を覗き込んだ。
「…いない、か」
がらり、閑散としているそこ。唯一、黒と赤が優雅に金魚鉢の中という狭く美しい世界で生きていた。
近付き、金魚鉢を指先で突いてみる。
「黒、元気か？」
相当痛いやつだ、俺は。当たり前だが黒は無反応。ちょっと傷付いた。
と。
パタパタと、軽い足音が廊下を駆ける。
（ことか？）
入口を振り向き、その姿を待っていたのに。近くになって、いきなり派手な転倒音がした。
「いっ、！」
痛い、まで言いきれないなんとも間抜けなことらしい悲鳴。俺は苦笑いしながら部屋を出た。
「こと」
「あ、…先輩」
痛みに顔を歪めながら、ゆっくり起き上がったこと。顔もぶつけたのか鼻が赤い。俺はそんなことに手を伸ばす。
「ほら」
「だ、大丈夫です…」
呆れるように笑う俺に、迷惑かけたくない！とでも言うように立ち上がろうとする、が。
「うわっ」
「遅いんだよ、お前は」
両脇に差し込んだ手でことを持ち上げ、ストンと床に下ろす。真っ赤になって俺を見上げること。
思わず、笑った。

「鼻赤いけど？」
「…元からです」
からかわれたことに拗ねたらしいことは、強気な瞳を俺に残してそのまま部屋に入った。
そんなことに、くすくす笑いつつ。俺もゆっくりと部屋に入るのだった。
ことは真っすぐに金魚鉢のほうへ向かって、その水のきらめきの中にいる住人に笑いかけた。
「元気そうで良かった」
独り言みたいに呟いたことを、おかれた椅子に座りながら見つめる。
あ、そうだ。
「こと」
「はい？」
「ほら」
振り向いたことに、パックを投げ付ける。慌てて受け取ろうとしたが、あえなく失敗して床に転がったそれ。
あーあ、と言いながらパックを拾おうと前屈みになったこと。
「あ、」
「ん？」
「膝……、赤くなってます」
ちらり、セクハラにならない程度に靴下とスカートの間に見える白い足を見ると、うっすら赤みを帯びた膝が目に入った。
「ドジ」
「…、」
「睨むな、って」
小さな笑い声が響く。ここはいつだって、平和で、綺麗で、それで。
————寂しいところだ。

現在、俺は駐輪場にいる。名ばかりの部活を終え、帰路につこうとしていた。
ことは校門のほうに先に行っているはず。ガシャン、と音を鳴らして砂《じゃ》利《り》道に自転車を下ろした。
校門へ自転車をひきつつ、俺はことの姿を捜した。
と。
「発見」
学校名が書かれた石の門へ寄りかかる、小さな背中。黒髪が風に揺れて、それを耳にかける仕草が見えた。
「――――、」
なんか、変だ俺。その仕草だけで、俺の心臓は寿命を縮める勢いで活発化する。
はあ、と自転車に寄りかかり、溜め息。柳橋に見られたら絶対ネタにされる。うざい。
「…行くか」
独り言で気を紛らわせた。そしてその背中へ近付く。
すると。
帰宅しようとする男子達が5、6人連なってことのほうへ向かう。
そして1人が、へらへらと笑いながら近付く。なんか、むかつく。
もやもやと渦巻く不愉快な感情に、俺は眉をひそめた。
「春川ちゃんでしょ？」
「…」
「ね、誰待ち？」
「…すみません」
「まじ可愛い！　なんか謝ってるし」
けらけらと酷く耳障りな声。俺は自転車をひいて、俯くことの隣に並んだ。
「帰るぞ」
俺の声に、ハッとしたように顔を上げたこと。そして情けなく、でもことらしく微笑みながら頷いた。
「ハルじゃん」
「じゃーな」
同学年らしいそいつらは、俺の登場にかなり驚いていた。だけど無視して、ことを荷台に座らせると自転車を漕ぎはじめた。
何やら後ろから呼ばれた気がしたが、幻聴だ、きっと。
しがみつくことは、俺のシャツを控えめに引っ張った。
「ん？」
「あの、なんかさっきの人達呼んでましたけど」
「気のせい」
どうやら幻聴ではなかったらしいが、面倒なので無視に限る。
俺はゆるゆると舗装された道に自転車を滑らす。風が気持ちいい。でも、だるい。
「あ、こと、気をつけろよああいうの」
「え？　何がですか」
「ちょこちょこついていくな、って意味」
「ついてなんていってません！」
「うわ、馬鹿、ちょ、…揺らすな！」
ことは興奮したような声色で俺に噛み付いてきたと思ったら、いきなり揺らすもんだからバランスを崩しかける自転車。
ちらり、ほんの一瞬見たことは、ちょっと不機嫌そうに流れる景色と睨めっこしていた。
「…」
「…なんですか」
「別にー」
笑っている俺に、ことはパシリと背中を叩いたのだった。
そのまま店が並ぶ通りを過ぎ、公園の脇道に入り込む。
そこを曲がって、ことの家に向かおうとしたが。

「待って…！」
「っ」
ぐん、とかなり強く俺のシャツを引っ張ったことの行動に、反射的にブレーキをかけた。びっくりして転ぶかと思った。
「どうした」
「…、」
ひらりとスカートをはためかせて自転車から降りたことは、曲がるはずだった角から顔を出して、そちらを確認する。
「…」
「…何か、あんの？」
俺の問いに、ことは寂しそうな瞳を返しただけだった。俺も同じように顔を出してその先を見た。
（…は？）
視線の先に見えた、２つのシルエット。ことが、下唇を噛みしめる。

そこにいたのは、若く、一般人にしたら異常なくらい綺麗な女の人。そしてその横に立つ、男。
誰だ、と考える脳は、男女が消えていった家を知って活動停止。
「…、こと」
「あれ、母親です」
そう。２人が消えたのは、ことの家だった。その場にしゃがむことの顔を覗き込む。
すると、顔を見られたくないというように伏せてしまう。
「あんまり、見ないで下さい」
「だって、こと泣きそうかなと思って」
「泣きませんよ」
お前は気付いていないかもしれないけれど、その声と、背中と、まとう空気は、泣いていた。

ぽん、と頭に乗せた手。
「どっか行くか」
「…、」
やっと俺を見たこと。聞かないのか、って瞳が言うけど、俺は肩をすくめて、
「聞かれたくないくせに」
「…そんなふうに優しくするのは、狡《ずる》い」
頭を撫でて、俺は笑った。

「わ、ちょ、…ハル先輩！　無理です、な、ちょっと…！」
「っはは、びびり過ぎー」
「やめて下さいって…!!!」
今、俺はことを乗せた自転車でノーブレーキのまま坂を下っている。
ことは激しく、俺に恐怖を伝える悲鳴を上げているが、ちょっと面白いのでそのまま爆走。
というのは嘘で、結構ブレーキはかけているが、ことの体感速度は凄いものとなっているらしい。あまりに怖いのか、いつもは躊躇うくせに今は腰に抱き付いている。
「ほら、終わり」
「…人でなし！」
「酷い言われようだな…」
ブレーキをかけ、自転車を止める。振り返れば、涙目で俺をキツく睨むことがいた。
あまりに似合わない表情に、急いで前を向いて笑いを噛み殺した。
「…笑ってますね」
「まさか…」
「肩が震えてます…！」
最終的に、ことの渾身《こんしん》のパンチを背中にくらった俺は、また静かにペダ

ルを漕ぎはじめる。
ことはどうやら機嫌を損ねたままらしい。ちらりと視界の端で捉えたことは、唇を少し尖らせて、眉根を寄せている。
苦笑いを浮かべながらも、俺は前を向きながら言った。
「機嫌直してよ」
「…やだ」
「やだ、って子供みたいに」
「先輩よりは子供です」
「屁理屈《へりくつ》」
川沿いをゆるやかな速度で自転車を進ませる。ことは不機嫌そうに声を低くする。
「でも、まだ俺もことも子供だよな」
「…、先輩は大人ですよ」
「そう見える？」
「はい。私から見たら、先輩は大人です」
ちらり、再度見たことは、少し楽しげに笑っていた。
大人の定義は分からないけれど、絶対に俺は、子供だと思った。
満足にことを守ることも、慰めることも、何も出来ない。大人になることがことを守れる力を得ることだというのなら。
——俺は早く大人になりたい。

「…どこか、行きたいところある？」
自転車でだけど、と付け加えれば、くすくす柔らかい笑いまじりの声が聞こえた。
「ハル先輩とこうやって話していたいです」
「そんなんでいいの」
「はい」
なんだかなー…。もっと欲深くても罰は当たらないのに。鼻歌を風に乗せて、荷台から投げ出された細い足を揺らすこと。
この時間が、いつまでもいつまでも続けば。
幸せ、という幻みたいなものをことに見せてやれるんじゃないか、なんて。馬鹿みたいな戯言《ざれごと》が頭を過ぎった。

からんからん…、と。ペダルを漕ぐ度に車輪が音を鳴らす。もう７時過ぎ。日が落ちた道を静かに自転車を滑らせる。
「こと」
「…、」
何も言わないことに、俺は一呼吸おいてから。
「帰ろうか、そろそろ」
「…」
やはり何も言わないこと。でも、きゅ、と強く握られたシャツに気持ちは理解出来た。だが女の子を１人で歩かせるには暗過ぎる。
「…先輩」
「帰りたくない？」
「は、い…」
どうしようか。あの家にことの母親とあの男がいるとしたら、さすがに居づらさがあるだろう。
後ろで切ないくらいに落ち込むことを連れ、俺は自転車を漕いだ。

「滑るなよ」
「…はい」
錆び付いた裏門に手をかけたことは、次に慎重に門に足をかける。俺は向かい側から不安だけ感じつつ、その姿を見守る。勿論、受け止められるように両手をかまえた状態で。
ここは学校。行く場所がないことと俺は、学校というやつもだったら行きたくない場所へ無理矢理ながら、足を踏み入れようとしていた。

カシャン、と門の上から地面へ着地したことは、安堵の息を吐き出した。
「大丈夫？」
「あ、はい…、大丈夫です」
「よし」
前に祭のあと、侵入した時とは違って。体育館脇を抜けて夜の中で不気味に照らされるテニスコートを通り過ぎる。
忍び足のまま、俺とことはプレハブ小屋に滑り込んだ。
「…、」
「…、」
誰もいないのに、変に緊張する。けれどちょっと楽しい。
「ここは見回りも来ないだろ」
「来たら隠れましょうね」
小さく笑ったこと。そしてそのままパタパタと金魚へ駆け寄る。本当、好きだよな。
俺は自転車を漕ぐ、という重労働から解放されたことでより疲労を感じることとなる。重たい足を動かし、椅子に腰かけた。
「はー…、疲れた」
「すみません…」
「いや俺の体力の問題」
申しわけなさそうに言うことに、俺は手を振ってみせる。もう１度金魚を見たことは、それからゆっくりと俺のほうへ近付いてきた。
その姿を、追う。するとそのまま横にあるもう１つの椅子に、静かに腰を下ろした。
「夜の学校って、ちょっと怖いですね」
「そうだなー…」
「でも先輩の髪色だと、どこにいるかすぐに分かるから安心します」
「…、そっか」
上目遣いで自分の前髪を見つめる。丁度月明かりに透けて、思いの外《ほか》綺麗な色だと思った。
「――…先輩」
「ん？」
声が、少し震えていた。だから無意識に、ことのほうへ顔を向ける。
ことは真っすぐ窓のほうを見ていて、真横からではどんな表情なのか完全には分からなかった。
でも。
「…、」
ツ、と音もなくその綺麗過ぎる瞳から落ちた滴が、ことの気持ちを代弁しているように見えた。
「私の家なのに、帰りたく、ないんです」
「…」
「家なのに」
「こと……、」
ゆっくり、こっちを向いたことは、両目から流れる透明なそれを拭《ぬぐ》いもせずに俺を見上げた。
その顔を見た俺は、どこか息が苦しくて、詰まったみたいで。酷く、手を伸ばしたくなった。
「…部活があって、良かった…」
「っ」
そう呟いたことを俺は、
「…ハル先輩」
「うん、…ごめん、今だけ」
静かで寂しい部屋で、俺はことを抱きしめた。
ことの体の小ささが怖くて、俺は、その存在を確かめるみたいに強く抱きしめた。衣服越しに感じる体温が、もどかしい。
「…、」
すう、と深く呼吸をすることは、そのあと優しい声色を音にした。

「ハル先輩の香りがする」
「…そっか」
「なんか、安心します」
俺の肩にちょっと顔を埋《うず》めたことが、そう言った。俺は理由は分からないんだけれど、とにかく、とにかくことが消えてしまいそうで怖くて。暗闇と秘密と緊張のとけ合う空間で、ことを抱きしめ続けた。
「泣きたかったら、泣けばいいよ」
「…っ」
「俺は、ここにいるから」
ことは困ったような声色で。
「やっぱり、狡いなー……」
そう呟いて小さく笑った。
とくん、とくん、と、ことの心音が俺にまで伝わってくる。俺のそれも、ことは感じているのだろうか。とても不思議な感覚で、しばらくぼーっとしてしまった。
だが、ことの凜とした声に意識を戻す。
「ハル先輩」
「…ん？」
「ハル先輩は、私が泣きたい時にはいつも隣にいてくれますね」
「…そうかもな」
「いつも、慰めてくれます」
慰めることは出来ても、守れないんじゃ意味がないというのに。苦い気持ちは、静けさの中へと流した。
「…私、甘やかされてますね」
「誰に？」
「先輩に」
くすり、とちょっと笑ったことに俺もつられて少し笑う。
「ハル先輩の隣は、温かいです」

「………」
「狭いくらい、温かいです」
何か伝えようと必死なことに、俺は何も言ってあげられない。その代わりに、頭を胸にひき寄せた。
「…っ」
「何もしてやれないけど」
「…」
「俺は、お前から離れない、から…」
きゅ、と俺のシャツを握ったこと。少し、距離をおいてその涙の膜に包まれた黒目がちな瞳を覗き込む。不思議だ。ことの瞳に俺がいて、俺の瞳にことがいる。
「…」
衝動が、止まらない。
ゆっくりと顔を近付けて、俺は――――…。
ことに、キスをした。
ただ触れただけのキス。だけど気持ちが弾けたようなそのキスは、とても長い時間に思えた。震える唇を離して、ことを見た。
「…」
「…」
何も言わなかったけど、ことが困ったように笑ったのを。
今でも鮮明に覚えている。

俺と後輩と一夜

「ん…」
肌寒さに目を覚ました俺は、腰に感じる違和感に眉をひそめた。そして、目を開ける。
「…あー……」
視界に広がる、白く薄ぼけたそこ。夏も近いという季節だというのに、朝は足元からはい上がるような冷たさが感じられる。
固い板張りの床に一晩中座り続けた体は、少し動かしただけで情けなくも悲鳴を上げた。
と。
「っ…」
さらり、首に感じたそれに動きを止める。そっと右を見れば、ことがいた。
そこで流れるように昨夜の記憶が蘇《よみがえ》る。行く場所もない俺達は、そのままぽつりぽつりと他愛もない言葉を交わして。
そして…。
「…寝ちゃったのか」
溜め息まじりに発した言葉は、静かな朝方の部屋に余韻《よいん》もなく浮かんで消えた。
俺の肩に寄りかかるように眠ることをちらりと見てから、また視線を明るい窓の向こうへと向ける。
首に感じることの髪の感触が、少しくすぐったい。
「…、」
思い出して、しまった。
俺、昨日ことにキスしたんだよな…。今更ながらにじわじわと込み上げてくる熱を持て余し、俺は片手で顔を覆う。
熱い、顔が。今すぐにでもどっかに走り出して叫びたいくらいだ。
「…ん、…」
「…っ」
聞こえたのは、ことがもらした声。少し身をよじらせたことに、小さく声をかけた。
「こと…？」
しばらく何も反応がなかったのだが、数秒の間をおいて。ゆっくりと起き上がった。
「……あ、れ？」
そんなことの呟きに、苦笑い。どうやらこと自身も咄嗟に現状を理解出来ないらしくて、部屋を見渡して何度も瞬きを繰り返す。
そして、真横にいる俺の存在を確認したことは、目を見開いた。
「ハル先輩…！」
「馬鹿お前…！」
のけ反ったことは、さっきまで寄りかかるようにしていた壁に思い切り頭をぶつけて、鈍い悲鳴をもらした。
「い、ったー…」
「…落ち着けよ」
朝から慌ただしくすることに、笑ってしまった。ことはぶつけたことによって生理的な涙を浮かべつつ、俺を見上げた。
「おはようございます…」
「おはよ」
「…」
「…」
２人で同時に、顔を逸らした。これはまずい。どくどくと激しさを増す鼓動と、しめ付けられる肺。
昨夜のキスの、後遺症。

「あー…」
「…」
「まだ時間早いし、家戻る？」
苦しい。なんだこの話題転換。物凄く苦しいそれに、ことは何度も首を縦に振った。
それを見た俺はもはや何も考えず、とにかく校舎を出ようと何かに取りつかれたように足早にプレハブ小屋をあとにした。
裏門の横におきっぱなしにしていた自転車にぺちゃんこの俺の鞄と重いことの鞄を突っ込んで、後ろを確認してペダルに体重をかけた。
「…ハル先輩」
「え？　あー…、何？」
いきなり声をかけられてびくりと、情けないくらいにびくついてしまった。そんな自身を悟られぬようにしつつ、返答した。
だが。
「…」
「…」
ことは、何も言わない。
横断歩道で赤信号に捕まった時に、俺はちらりとことの顔を盗み見た。
すると頬を少しばかり紅潮させたことがしかめっつらを浮かべていた。
「…」
困ったな、なんか。俺は初めての雰囲気に内心参っていた。無理矢理ではないが、もしかしたら昨日はかなり強引に俺の衝動でキスしてしまったのかもしれない。
うっわー…。
ペダルがいつもより重く感じた。けれど、前は恥ずかしがってシャツを掴むだけだったことの手が。
俺のお腹《なか》にしっかりと回っていて、とても嬉しかった。

「…」
「…」
ことの家に着いたはいいが、どちらからも言葉が出ず、なんとも気まずい沈黙。しかもことは顔を伏せてしまっていて、表情が見えない。
「…こと？」
思いきって、そう名前を呼ぶと、ぴくり、華奢な肩が震えた。
「…こと」
また静かに呼べば、ことは震える睫毛に縁取られた瞳を俺に向けた。
それに安心して微笑むと、途端、じわりじわりと熱が広がって顔が紅潮する。
「…」
「あ、いや、見ないで下さい…！」
「そう言われても」
「本当に…、見ないで下さいって！」
わたわたすることに、ついには吹き出してしまった。それにまた沸騰するように真っ赤になること。
表情は拗ねるようなそれに変わり、俺を睨み上げる。けれどどうしてもその子供っぽい仕草が可愛くて。
「こと」
「…っ」
「こと、機嫌直してよ」
「…別に怒ってません」
また笑ってしまった。すると力ないパンチが飛んでくる。
「そうやって馬鹿にして…」
「馬鹿にしてないよ」
「嘘」
「本当だ、って」
ことの目は嘘だ、とずっと俺を睨み付けるもんだから苦笑い。さらりと髪の毛が目に入りそうだったので指先で払った。
と。
「っ」
「…え」
真っ赤。その熱は指先でことに触れている俺にまで伝わって、驚いた。
ことの顔はじわじわとまた紅潮し、俺を見上げる。
どうしよう。
凄い、可愛い。
柄にもなくそう思った俺は、言葉を失ったままことを見下ろす。
すると、
「…私、初めてでした」
「…」
これは嫌われたか？
昨日のキスについて触れられると、どきり、心臓がびくつく。
ことは、ゆっくり、言葉を紡いだ。
「ハル先輩で、良かった、です…」
「……っ、」
分かってる。ちゃんと分かってる。ことはただ素直に下心とかなく言ってるんだ、ってこと。でも俺にしたら物凄く理性を揺るがすような言葉に聞こえた。
首の裏が焦げるみたいに熱くなるのを感じて、咄嗟にことから視線を逸らした。
「…なんで目を逸らすんですか」
「ちょっと待った」
「待った、ってなんですか」
「っ」
顔を覗き込まれた俺は、ことに目隠しする。
「今、見ちゃだめ」

だって俺、ことより真っ赤だ。
と。
がちゃりと背後のドアが重苦しい音と共に開かれた。
「こと…？」
どこか陰があるような声色は、ことの名を呼んだ。弾けたように振り返ること。俺も、目線を上げた。
するとそこにはライトグレーのロングカーディガンを羽織る、けだるそうにする女性。あの顔は…、確か。
「…お母さん」
「朝帰り？」
「っ…ごめんなさい」
まるでことを見ていないような色のない瞳。そんな瞳が、ゆらり、俺を捉えた。
そしてくすり、見下すような笑みを浮かべて髪の毛をかき上げた。
「変なことにならないようにしなさいよ？」
「…、何が？」
ちらり、その人は俺を見た。
「妊娠、とか」
一気に体温が下がる。けど感情的なものはカアッと頭の先まで突き抜けるみたいな熱い感覚で。
咄嗟に人を殴った、なんて良くニュースなんかで聞くけど俺は体験したことなんてなかったから分からなかった。
でも、今。
俺はそんな心境にいた。
現に拳を握っていて、お母さんと呼ばれるその人を睨んでいて、不安そうなことがいて、嘲《あざけ》り笑う女の人がいて、それで————…。
「っ」
「ハル先輩っ!!」

俺の手を握ること。ゆっくり呼吸をしながら、そんなことを見下ろした。
そしたらことは、困ったように微笑んで泣きそうな瞳を隠した。
「また、学校で」
「………………うん」
ゆっくりと、ことの手が離れていく。俺に背を向けたことが、小さく「ごめんなさい」と呟いたのを聞いた。
ことの背中がドアの向こうに消えるのを見送り、俺はその場にしゃがみ込んだ。
「はあー………」
何、してんだ俺。
想像しなかったわけでは、なかった。でも娘が帰宅するかもしれない時間にたとえ真剣な交際をしていたとしても、普通の母親が、自宅に相手を呼ぶか？
けれどそれはことの母親だ。変な想像をしたくはなかったから、無理矢理、ペンで塗り潰すようにイメージを払拭《ふっしょく》した。
なのに、
(…苦手な、人だ)
妊娠、と言った彼女の目を思い出すだけでどうにかなりそうだ。
別にいい、俺は。でもことは、実の母親だというのにそんな言われ方をしたのだと思うと。
腹がたって、
腹がたって、
しょうがなかった。
もう１度深く溜め息、と言うよりは汚れた空気を吐き出すようにする。
そして立ち上がって自転車のスタンドを外した。
「…」
最後に、ことの家を見た。普通の家。春川という表札に視線を向け、今度こそ自転車に跨がってその場をあとにした。

(…どうなんだろう)
悪いけど、俺だったらあんな母親とうまくやれる自信はない。
ことの困ったように笑う表情を思い出すと。何故か胸の奥の手の届かないところが酷く鈍く痛んだ。
「……、くそ」
行き場のない不愉快な感情を、ペダルにぶつけた。
頬を撫でる風が、今は鬱陶しい。なんで、ことの周りはうまくいかないんだ。
全部、全部、うまくいかない。
彼女の世界は、些か寂しい色で埋まっている気がした。

「ハル、おはよう」
「っ、びっくりしたー…」
外を眺めていると、控えめな声が鼓膜を揺らす。完全に油断していた俺は、それに大袈裟なくらい、体を震わせた。
振り返ると、俺に負けず劣らず驚いたように固まる木田。
「私もびっくりした…」
「…ごめん」
「ううん」
苦笑いし、肩をすくめた木田はさらりと長い髪を耳にかけて俺に持っていた袋を渡す。
ジッとそれを見つめて。
「…ん?」
「スカーフ。ことちゃんにあげて?」
「あー、そっか」
中を覗き込めば、たたまれたスカーフが何枚か入っていた。そういや頼んでたんだった。
忘れてた。

「ことに渡しとく。ありがと」
「いーえ」
くすくす、とお礼を言う俺が珍しいとでも言いたそうな感じで笑いをこぼす木田。
けど、ちらりと頭の端に浮かんだこと。今朝のことがあってなんだか会いづらいような気もする。
「…、」
スカーフを見つめたまま考えの世界に飛び込んだ俺に、ちょっと不思議そうな木田の目。名前を呼ばれ、何度目かで慌てて返事をした。
「どうかしたの？」
「いや……、まあ、ちょっと」
「喧嘩、とか…」
そんな木田に笑いながら首を横に振った。首を傾げた木田に、俺は言う。
「大丈夫、ちゃんと渡すから」
「……うん」
木田は、間をおいてそう答えた。
予鈴が鳴る。柳橋の姿は、まだない。遅刻キングのあだ名は健在だな。

昼休み。騒がしさは学生の性質《せいしつ》みたいなものだけど、俺はそんな中でただただミルクティーを飲みながらぼーっとしていた。
が。目の前の柳橋が振り返り、平穏な時間は終わる。
「ハル、この前髪可愛いくね？」
「きもいしうざい」
「………」
振り向いた柳橋の前髪は、赤いピンで留められていた。右に流すそれを、ばっさり却下。お前は女子か。
「ハル、嫌い」
「奇遇だな。俺もお前嫌い」

「嘘だし！　ハルのこと嫌いなわけないじゃん！」
「残念だな。俺はお前が嫌いだ」
ぎゃあぎゃあ騒ぐ柳橋は今朝の遅刻によって説教されたことは彼方《かなた》に忘れたらしく、しおらしいどころか騒がしい。
「つーかさ、お前…」
「…何」
ピンをいじりながら、ちらり、柳橋の目が俺を見た。心なしかにやついているように見えて、俺は慎重に返事をした。
すると。
「いいことでもあった？」
「…………」
にやにやする柳橋が、俺の机に腕をおいて顔を近付けてきた。思わず眉根を寄せるが、否定の言葉が出ない。
こういう時、正直さを出してどうするんだ俺は。
「あっれー？　何、何があったわけ？」
「…なんもない」
「嘘だ！　お前ちょっと顔赤いし！　は!?　何！」
「うるせー…」
昼休みで良かった。ただでさえ騒がしいやつなので、興奮すると音量は最大までぶち上がってクラス中に聞こえてしまう。
俺はそんな柳橋から目を逸らし、窓へと視線を向けた。あー、空が青い。
「おーしーえーろーよぉ!!!」
「きもい」
覗き込んでくる柳橋の顔面をわし掴みにし、遠ざけた。きもい。本当に、きもい。
いいこと、なんて。昨夜のこととのやり取りを思い出し、キスも、思い出した。
そしたら胸の奥が馬鹿みたいに痺《しび》れて、きゅ、となる。

どうしたんだこれ。
…うわ、なんか、ヤバい。
赤くなる顔に、心底参る。こんなんで本人に会えるのだろうか。会った瞬間に、死にそうだ。
と。
「はい分かった、ことちゃんだ！」
「、だっまれ」
手を挙げてそう言った柳橋の制服をひっ掴み、椅子に叩き落とす。にやにやする柳橋は、当たりとでも言いたそうだ。
俺はしばらくその顔を睨んでみたが、やはり隠せず。
「…お願いだから、静かにして」
赤い顔のまま、そう言ったのだった。
俺はにやにやしたままこちらを見つめる柳橋に一度盛大過ぎる溜め息を吐き出し、渋々口を開く。
「…だから、昨日の夜…、」
「は⁉　ちょっと待て、夜…⁉」
「…」
しまった、この万年脳内お花畑なやつには順序だてて話さなければいけなかった。今更後悔しても、夜という単語だけで興奮状態の柳橋には聞こえていない。馬鹿だ。
俺はやや頭痛がし、こめかみを少し指先で押さえて目を細める。
「夜ってのはおいといて」
「おいとけねーよ」
「忘れろ、得意だろ」
とりあえず、と俺はわざとらしくも咳《せき》払いをしてから柳橋に、騒ぐなよと目で制する。頷いた柳橋を確認してから、また熱が高まる首裏を感じつつ、言葉にする。
「こと、と…、キスした」

「…っ！」
「あーもう!!　立ち上がるな、ってば！」
何か叫びたそうに立ち上がった柳橋を、また椅子にひきずり下ろす。目を見開いた柳橋に、下手に冷やかされるよりも恥ずかしいと思った。
耳まで熱くなり、そろそろ隠せない。いや元から隠せてる気もしないんだけど。
柳橋は心底驚いたように首を振り、呟く。
「…まだしてなかったのかよ」
「…」
ごつん、と音をさせて机に突っ伏した俺。別にボケとかじゃないけど。なんか、そう言われるかもしれないってちょっと思っていた。だからこそ来たか、っていう感じ。
「…出来るわけ、ないじゃん」
「いや、でもさすがにキスはしてると思ったわ」
「…悪かったな」
ごろり、と窓のほうへ顔を向けた。そんなことを言ったって、ことに、そうすることで嫌われたくなかったんだよ俺は。
と。
「柊一、呼ばれてる」
「…は？」
顔を上げて、声がしたほうへ視線を向ける。するとクラスメイトは俺が気付いたことで役目を終えたといわんばかりに入口から退散。その代わりに、見たことのない女の子が立っていた。
なんか、嫌な予感。
「…いってらっしゃーい」
面白がる柳橋。立ち上がり、すれ違いざまに椅子を蹴ってから、俺はクラスメイトの視線を無視しながら廊下に出る。特に意味はないけれど、一応ドアは閉めた。

すると。目の前に立った女の子は何も言わずに、ただただ床を見下ろしている。だから俺からは後頭部しか見えなくて、正直困った。
「あー…、何？」
そう切り出したはいいが、全く反応することのないその子。逆に廊下を歩く昼休み中の生徒はあからさまな青春的雰囲気を嗅《か》ぎとって冷やかしの声をコソコソもらす。
「…」
どうしたものか。
居心地が悪くて、俺は髪の毛をちょっと指先で乱す。すると視界にうつった上履きの色。それは１年の色で、ことと同じだった。
下級生が３年の教室のとこじゃ、いつも通りに話すなんて無理、か。
「あのさ」
俯きっぱなしの女の子の顔を、覗き込む。ほんのり頬を染めるその子に、俺は苦笑いを浮かべながら言った。
「外、行こうか」

たどり着いたのは、ベタにも体育館の脇。体育館の裏に行くと、道路とフェンスだけで区切られているので誰かに見られたりする。なので用具入れがあるここが１番静かで人目もない。
俺は女の子に、心持ち優しめな声色で話しかける。
「何か俺に用？」
すると。
ゆっくり俺を見上げたその子が、震える口を開く。
この感じは、いつまで経っても慣れないんだよね。
「あの…、柊先輩…！」
「うん」
綺麗にグロスまで塗られた唇。凄いな、今の高校生。こんなにメイクとかうまいのか。ことがしていない分、物凄い違和感があった。それを否定はしないけど。
「彼女さんがいる、って聞いたんですけど…」
「あー…、もしかして」
木田香代子？と聞くと、その子はこくりと頷いた。俺はまた苦笑い。そして最近伸びてきた前髪を払うふりをして言葉を探す。
「…それ、デマだから」
「違うんですか？」
「うん、彼女じゃないから」
そう言うと、女の子は嬉しそうに笑った。俺はどう反応していいか分からず、名前も知らない目の前の女の子からゆっくり視線を外した。
どうしても、ことが浮かんでしまう。
「柊先輩…」
「…何？」
再度、そう言うと、女の子は熱っぽい瞳を俺に向けながら、口を開いた。
「好きです、あの、付き合ってもらえませんか？」
「…、」
告白、か。俺はとりあえず困ったような苦笑いを見せた。でも女の子は言葉にしなければきちんと分からない、というもの。ここはやはりはっきり言わなければ。
「…ごめん」
静かなそこに、俺の声が響いた。それはとても寂しげなものになって、消える。女の子はまた俯いてしまった。
申しわけないんだけれど、俺は期待を持たせてあげるような器用なことも出来ない。とても酷いやつだ。
すると。その子は小さく、頷く。
「…」
もう分かった、と言いたそうに見えて俺は口をつぐんだ。
しばらく重苦しい沈黙がその場に流れていたのだが、昼休みということもあり、どこからともなく騒がしい笑い声が聞こえた。
俺もそろそろ教室へ戻るか、と。口を開きかけた時、
(こと……？)
聞き覚えのある声がした。俺は振り返り、体育館裏へと続く角からそっとそちらを覗き見る。するとそこにはことと、どこかで見たような姿。
誰だっけ、アイツ。
「……あ」
そうだ、サッカー少年。ことに変な理由をつけては声をかけているやつだった。眉根を無意識に寄せた俺の斜め後ろに、女の子が歩み寄る。
「…あ、春川さんですか？」
「うん、まあ…」
フッた直後に他の、しかもその子と同学年の子を気にするっていうのはデリカシーがないかもしれない、とその時後悔したが、その子はそんなに気にする様子もなく一緒に覗く。
変な光景だ。
「…本井《もとい》…？」
「…え？」
「あ…、相手の男の子です」
女の子がなんだか嫌悪を孕んだような声色でそう吐き出したものだから、思わず驚きに声を上げた。本井、と呼ばれた男。
俺はもう1度、こととその本井を見る。
(…んー)
明らかにことは困っている。苦笑いばかりを浮かべて本井というやつの話に相槌を打っていて、思わず小さく溜め息を吐いた。
と。
女の子が斜め後ろから、控えめに言った。
「…危なくないですか？」
「…何が、危ないの…？」

質問に、ひやりと背筋の冷えを感じながらつい質問を返してしまう。
何が、危ないんだ。
女の子はちらちらと視線を不安そうに泳がせ、数秒をおいて口を開いた。
「だって、」
どくん、と。俺の心臓が、低く鼓動を響かせた。
「本井って、他校の女の子に変なことしたって有名ですよ」
「―――…、」
変なこと。濁されたそれは、逆に分かりやすい。また怖いのが明確とされていないあたりだ。
実際に警察ざたにでもなればいいのだが。そうは言わないところを見ると、まだ、噂程度。
「…、」
「…あいつの友達っていうのがかなり年上らしくて」
ことが言っていたやつら、か。混乱した頭でも、そこだけは冷静に思い出せた。なんだか落ち着かない。
「前にレイプ事件起こしてる、とか…」
「っ」
その子の肩を、掴んでいた。驚く瞳に問う。
「…それ、本当？」
ゆっくりと。こくり、頷いたその子に、ありがとうと告げた俺は、迷うことなく、ことのほうへ向かった。
「…あ」
俺に気付いたことが、びっくりしたように目を見開く。本井というやつも俺を振り返り、へらりと笑って頭を下げた。
「どーも」
「…」
視線だけ返し、俺はずかずかとことに近付いてその細い手首を掴んだ。うわ、なんて言うことは無視だ。

「ちょっと来て」
「え、ハ、ハル先輩…！」
「いいから」
ぐいぐいことを引っ張り、その場を離れる。ひき止めるかなと思った本井は、何も言わないでただ笑いながらこちらに手を振った。
「…、」
噂がこんなに怖いと感じるのは、初めてだ。
「ハル先輩ってば…！」
ことの声は聞こえているんだけど、とにかく自分の気持ちの整理のためにも歩き続けた。
しばらく歩いて、たどり着いたのは美術室。
（…なんか変なとこに来ちゃった）
ちらり、振り返ると、ことは非難の瞳を俺に向けている。
「…びっくりしました」
「…うん、ごめん」
「でも。ちょっと助かりました」
くすくす笑ったことに、ぽかんと間抜けな表情を見せた俺。ことは悪戯に笑って、美術室へと入る。
俺もその背中を追うようにして、静かな昼休みの美術室へ足を踏み入れた。
「あの人いきなり呼び出すから、驚いちゃって」
「何話してたの？」
「んー…、」
ことが、窓際に腰かけた。
その向かい側に俺も座る。どうして美術室って薄暗いんだろう。ギィ…、と椅子が床と擦れた。
「あっちが色々話してました」
「あー…、そんな感じだった」

そう言うと、ことはじっとりとした視線をこちらに向ける。俺、悪いことでもしただろうか。
「…見てたんですか」
「あ、…まあ、うん」
やってしまった。俺は不自然にも視線をことから逸らし、余計なことを口走った口元に手を当てる。
まるでストーカーじゃん、俺。
だけど、
ことは俺にこう言った。
「見てたなら、助けて下さいよ」
「…」
ぽかん、と。本日2度目である。そしてワンテンポ遅れて俺は笑ってしまった。
「笑う意味が分かりません！」
「違う違う」
どうしても笑ってしまう俺に、睨みを利かせること。似合わない表情にまた笑った。
「盗み見してたこと怒られるかと思って」
なんとか笑いを噛み殺しながらそう言うと、ことはなるほど、と苦笑い。
「でも見られていけないことなんてしてないです」
「いや。そんなのしてたら俺が止めるから」
真剣にそう言ったら、「生徒指導の先生みたい」と言われた。何故だかちょっと傷付く。
俺は笑いがやっと消え、ふうと一息。凄く静かな美術室が戻ってきたので、なんだか変に緊張した。
と。
「ハル先輩はなんであそこにいたんですか？」
「…草むしり？」

「…」
ことの、心底信用していない白い眼。俺は耐え切れずに小さく呟いた。
「………嘘です」
「知ってます」
間髪入れずに返ってきた言葉に苦笑い。正直、話すのは気がひけた。それは別に格好をつけてるとか、そういうんじゃない。
(なんか…)
昨日、キスをしたことに、そう言うことが恥ずかしかったり、したのだ。まるでそれでは俺達の関係のあやふやな部分を指摘してるみたいで、変な空気になりかねない。
「まあ、なんでもいーじゃん」
「…ごまかした」
いじけたような声を出すことに、小さく微笑む。
まだ、俺とことは、このままでいたい。
小さな俺の、エゴ。
「あ」
「…どうかしましたか？」
思い出した。俺は席を立ち、俺を見上げることの腕をひく。もう昼休みはあまり長く残されてはいないし、急がなければ。
「え、あの…！」
「いいから」
こけそうになることを支えて、俺は急いだ。

「ちょっと待ってて」
「…」
緊張したように頷いたことを確認し、俺は教室に入った。ここは３年の教室がある階だ。１年のことは何かと視線を向けられ、なおかつその容姿によってもっと興味をひかれる。

なるべく早く戻ろうと、俺は自分の席に足早に向かう。
と。
「あーハル、おかえりー」
柳橋は、無視。
机の脇にひっかけた袋を手にとり、ドアのほうに向かう。
「お待たせ」
俯くことに、そう言うと、弾けたように上げられた顔が安心した色に染まるので、小さく笑った。
「ほら、これ」
「…？」
「木田から。スカーフ」
「ああ！」
中身を見たことは、嬉しそうに顔をほころばせた。思わず幼く見えて、頭を撫でてしまった。
だがどうやらことの意識はスカーフに注がれているらしく、いつものように真っ赤になって振り払われることはなかった。
「あとでお礼言わなきゃ…」
「あれ、教室にいなかったっけ」
俺は振り返るようにして教室の中を見るが、いない。
「あとでメールするから大丈夫です」
そう言いつつ、なんとなく恥ずかしそうに手からすり抜けたこと。ようやく気付いたらしい。なんか、残念。
「そういやさ」
「はい？」
「あの…、さ」
俺は自分のポケットに手を入れ、それを取り出す。そしてことに見せた。
「…アドレス、知らないんですけど俺」
「…」

俺の手にある携帯を見つつ、ことがきょとんとする。なんだかその間が恥ずかしい。じわり、熱が上がってきた。
すると。
「ハルがナンパしてるぅー」
「っ」
がばり、と振り向けば。ドアから顔を出すようにして俺を見ている柳橋がいた。
「違う！」
「赤くなっちゃって」
「…、」
本気で柳橋を殴り飛ばしたくなった。
「こっわ」
俺の顔を見てそう笑いながら言った柳橋に、心底深い溜め息を吐いた。
と。
俺の制服を引っ張る、こと。
「…」
「恥ずかしいので、早くして下さい…」
じんわり、と。ほのかに染めた頬を隠すように俯き加減で、ちょっとぶっきらぼうに言ったことに思わず吹き出した。
そして携帯操作の慣れないことをからかいながらも、赤外線で交換をする。
（春川こと…）
（柊ハル…）
携帯の画面を見つめ、お互いにちらりと視線だけ上げると目が合った。
ぱちん、と携帯を閉じた俺はことの頭に手を乗せる。
「メール、しろよ」
くしゃり、髪を乱したらことは小さく笑った。
ことの姿が消えるまで見送ると、何故か隣で一緒にその背中を見送っていた柳橋が溜め息。
「全国のハルのファンが泣いちゃうね」
「いねーし」
「まあ全校ならいるでしょ」
「いねーし」
「あっれー。さっきの子はどうしたのかなー」
うざい。こんなにうざいと感じるのは、柳橋以外にいない。そう言えば「俺って特別」とか言いそうだから睨むだけで、俺は何も言わずに教室へ入る。
柳橋も俺を呼びながらついてくるし。あー、うざい。
席に着くと、柳橋は先ほどよりも落とした声でにやにやしつつ、言う。
「ことちゃん、好きなんだ？」
「…」
俺は柳橋から視線を逸らし、外を見る。
「悪いかよ」

俺と後輩と笑顔

「こと！」
俺は、パタパタと駆けるその背中に呼びかけた。大きな声に、隣にいた柳橋がちょっと意外そうにした。からかわれそうだな、あとで。
そして俺の声にその背中が、ふわりと振り返る。
「ハル先輩！」
「おー」
ひらひら手を振ると、にこにことしながら（なんだか可愛い）こちらに走ってきた。あ、ちょっと待て、これは。
「こけるぞ」
「うわ」
「っ」
目の前に来たことにそう言うと、同時に絡まる足。伸びた俺の腕。
間一髪で俺の腕がことを支えた。あっぶね、なんて柳橋が胸を撫で下ろしたが、本当に同意見である。
「…おい」
「すみません、すみません怒らないで…！」
ばたばたと俺の腕に支えられながらも謝ること。ぱしり、その頭を軽く叩くと小さく最後にごめんなさいと呟いた。
すると、ことを立たせてやる俺に、柳橋がわざとらしい声色で、
「やだ柊先輩って暴力を振るうんだー」
「…」
「分かった、すまない、今のは愛の鞭《むち》だよな、はいはい」
柳橋を睨むとすぐに謝った。そんなんだったら最初からからかうなよ。
だから馬鹿なんだ。ああ、関係ないか。

はあ、と溜め息を吐いてことに向き直れば。
「…」
胸に飾られた、まだ新しいスカーフ。俺の視線をたどり、こともスカーフを見てはにかむように小さく笑ってみせた。
あれからしばらく経ったが、ことのスカーフはきちんとある。それはいじめる側が飽きたのかもしれないし、ことが木田から貰ったと言って死守しているせいかもしれない。
「お前、次移動？」
「はい。体育です」
「あー…だるいな」
「ハル先輩じゃないので大丈夫です」
「若いな」
元気に意気込む２つ下の後輩の輝きに、心の衰《おとろ》えを改めて確認しつつ頭に手をおいて髪の毛を乱した。
ぎゃあぎゃあ言いながら逃げることは相変わらず面白くて、俺は笑ってしまった。
「まださっき転んだこと怒ってるんですか…！」
「いや、面白くて」
「そんな理由！」
ぶんぶんと左右に顔を振ると、さらりと髪は元に戻った。ちょっと、春より伸びたことの髪。
俺の中の変化みたいに、ちょっとだけ。
「あ、じゃあ着替えなきゃいけないので」
「もう転ぶなよー」
「はーい」
駆け出す背中に、どうか最小限の回数でおさまるようにと祈りながら俺達も階段を上がりはじめた。
すると、待っていましたといわんばかりに顔を近付ける柳橋。

「…なんだよ」
「いやいや、ハルは奥手だなって」
「柳橋……、きらい」
げらげら笑う柳橋とは対照的に、俺は心底深い溜め息を吐き出した。
ことが好きだと言葉にしてから、状況は全く進展していない。現状維持だ、維持。
毎日の部活は変わらず、なものの。キスもあれきりで話題にも出ない。
俺は階段をのぼりながら、また溜め息を吐いた。
踊り場の窓から見えた、空。
「………青いなー」
雲がなくて、綺麗で、寂しかった。

「…は？」
持っていたミルクティーのパックを、思わず落とした。それに慌てること。でも、そんなのが問題なんじゃない。
俺はことに、ゆっくりと聞き返した。
「なんだって？」
「あの、…床がミルクティーの海に…」
「なんて？」
「…だから、告白されたんですよ」
ことはそう言うと、ちょっと照れたような横顔を見せつつ金魚のほうを向いてしまう。
俺は真下にミルクティーの海を広げながら、その姿を凝視。
ここは放課後のいつもの部室（無許可）。
先に来ていたことと世間話をしていれば、発覚したそれ。ほぼ、ことがぽろりとこぼした言葉によって露呈《ろてい》したんだけれど。
(告白、って…)
呑気《のんき》に黒と赤を見つめることの姿を見ていたら、俺はなんだか焦燥感のようなものがせり上げてきて思わず椅子から立ち上がる。
がたり、音をたてたそれにことが振り返る。
「え、あの上履きがミルクティー踏んで…、」
「誰」
「…はい？」
「だから。相手、誰」
ミルクティーを踏もうが何をしようが今は関係、ない。俺はことにそう言うと、何故か跳ね上がる心臓を落ち着けようと静かに呼吸を繰り返した。
ぱちぱち、とまばたきを繰り返すことは、ゆっくり口を開いた。
「…えっと、」
うまく喋れないことを、俺はジッと見つめる。ちょっと変態っぽいのはスルーで。
「も、」
「も？」
「本井、くん…」
誰だっけ、なんて思考がいきなり弾けた。本井って。
「あのサッカー少年？」
「まあ、そうです」
騒がないで下さい、と若干恥ずかしそうに俺から視線を逸らしたこと。俺はぐるぐると余計なことまで思い出してしまう。
ことの同級生が言っていた、本井というやつの変な噂。誰かが本井を嫌って流した噂かも、しれない。
(…けど)
…やっぱり、いい気がしないんだよな。ゆっくりと椅子に腰かけて、俺は黙ってしまった。
それにふと振り返ったことが、小さく首を傾げる。
「…聞いたくせに放置ですか」

「あ、いや…、うん」
「…どうしたんですか？」
「んー…」
ことを見つめていたら、あまりにも見つめ過ぎたせいか赤くなって本棚の間に体を隠してしまう。何してんだ、あいつは。
「さっきからなんなんですか」
「隠れる意味が分からない」
「だ、って…無言で見てくるから」
「考え事してた」
ことには言わないほうがいい、よな。自分の膝に肘《ひじ》をついてゆらりと視線を窓の外へ向けた。
と。
本棚のところから出てきたことが俺のほうへ歩いてきた。
「…どうしたんですか」
「…うん」
がたがたと横に椅子を持ってきたことが、それに腰かける。そして俺の顔を覗き込んできた。
「…なんて答えたの」
「…」
ことは黙って、俺を見つめた。まさかなんて変な不安が俺の中に生まれたが。
「部活が忙しいから、って断りました」
「…ふーん」
俺はわざとらしくも視線を外し、また窓に切り取られた景色を眺めた。
嘘。景色なんて入ってこなくて、ただ、ちょっと胸の奥のほうが熱かった。
熱くて苦しかったんだ。
「…」

ちらり、とことを見たら桜色の頬を髪で隠すように少し俯いていた。
そのまま見つめていれば、ことの瞳が俺を見た。
意外と近くにいたんだな、なんて。椅子の距離を感じて触れそうになる肩にどきりとした。
「…なんですか」
「なんでもない」
そう言えば、嘘だ、とその瞳が揺れた。分かりやす過ぎてくすりと笑うとパシリと肩を叩かれた。
「いった」
「そんなに強くないです」
「心が痛い」
「またそうやって」
ぶす、と拗ねたような表情。それにまた笑ってしまった。
俺の笑い声が消えたその空間は、不思議なくらいの静けさが支配する。
俺も、ことも、何も言わない。
「…」
「…」
触れた、肩。そのまま俺はことの細く小さな手から伸びた指先に自分の指先を絡める。
「ハル先輩」
「…ん」
「ミルクティー、凄いことになってますよ」
「あ、やべ」
それにくすりと笑ったことは、絡めた指先に力を込めた。
くすぐったい。

「乗って」
「…?」

ばしばし、と。自転車の荷台を叩くと、ことは首を傾げた。だが俺はとにかく乗ってと視線を強めた。

下校時刻間近の夕方。きちんとミルクティーを処理し、ほのかにミルクティーが香る上履きを鞄に投げ込んだ（自宅で洗うため）。俺は、ことを送るために自転車を引っ張ってきたのだ。

「…今日は遅くないですし大丈夫ですよ？」

「だめ」

「…」

何故、なんて疑問が浮かんでいることの目を流しながらとりあえず座らせた。何も言わずに自転車を滑り出させれば、ことが慌てたように俺のシャツを掴む。

「わ…！」

基本的にこととは毎日のようにプレハブ小屋に集まる。話し込んだり勉強会をして暗くなったら俺が自転車でことを送るのが日常になっていた。でも今日はいつもより１時間弱も早くて、ことにしたらいつもとは違う俺にちょっと不思議そうだ。

「…」

心配なだけ。別に気まぐれなんていう理由がない言いわけじゃなくて、本井ってやつがちょっと気になって送ることにした。

右折すれば、ことが俺のシャツを掴む力を強めた。

「落、ちる！」

「軟弱だなー」

「まだ慣れないだけです」

拗ねたような声色に笑うと、ぐん、とわざとシャツをひかれる。

「ごめんって」

俺は笑う。何もなく、笑う。

そう。だって何も起きてないんだから。胸のざわつきは気付かないふりをしよう。

「到着ー」
「おー…！」
何故か感激の声をもらすことに笑いつつ、ゆっくりと自転車を停止させた。きゅ、とタイヤとブレーキが擦れる短い音がして動きが止まる。
ことは跳ぶように荷台から降り、カゴに入った自分の鞄を取り出した。
それを見つつも、やはり俺の視線はことの家に向いてしまう。
「…」
ことが居づらいように思えて、お節介だとは分かっていても何か言いたくなる。
すると。
ことは、困ったように笑って俺を見上げた。
「この前はすみませんでした」
「…いや。俺こそなんか誤解させちゃったし」
ふるふると左右に首を振ること。俺も力なく笑った。
「お母さんは私が好きじゃないから誰にでもあんな態度なんです」
「…辛くはないの？」
ことの頭を撫でると、俯いたまま少し黙る。そしてゆっくりとまた首を左右に振った。
なんだか黙っていられず俺はそんな弱々しいことに言葉を投げかける。
「苦しい？」
「…いえ」
「泣きたい？」
「…泣きませんよ」
「じゃあ…、」
何かないのか、と馬鹿みたいに情けない視線をことに向ければ、ことはまた困ったように微笑んで。
「少し、寂しいです」

そう言って笑った。笑っているのに泣きそうだった。
大丈夫だと。確証もないくせにことに言いそうになった俺は何も言わず、ことを抱き寄せた。
彼女はとても、小さかった。

翌日の休み時間、歩いていると、
「ハル」
呼ばれた声に、振り返る。そこには木田が予想通り立っていて…、いや？
「お前、痩《や》せた？」
俺はミルクティーを飲みつつ、くるりと体の向きを変えて木田の全身へ視線を向けた。
それに木田はくすくすと笑って長い髪を耳にかけて。
「何それ。いきなりお世辞？」
「いや、違うよ」
本当にそう思ったのだ。元から痩せていた木田だけど、更にほっそりとしたように感じたのだ。
それに苦笑いを浮かべる木田に、俺は慌てて付け加える。
「あ、今のは変な意味とかじゃないから！　セクハラとかじゃない！」
「分かってるよ」
木田はまたくすりと笑った。ちょっと、恥ずかしい。
「うー…ん、まあ」
隠すようにカーディガンの裾を控えめに直す木田は、どこか居心地が悪そうに視線を漂わせる。
なんだか言いたくないことを聞いてしまったようだ。俺は、小さくストローを噛み、話題を逸らそうとしたら。先に木田が口を開いた。
「最近体調がちょっとね」
「…具合悪いの？」

俺の言葉に木田は、曖昧な笑みを見せただけで何かを言うことはなかった。
「大丈夫なの？」
「うん、きっと夏に入って暑さにやられてるのかも」
やだなー、と木田は苦笑い。
「あんま…、無理すんなよ」
木田は、ゆっくり微笑んだ。
その流れで木田と一緒に廊下を歩く。ゆったりとした歩調は忙しない学校の中ではまるで遅れをとっているかのような異質さを見せるが、お互い何も言わない。
「…３年」
「ん？」
木田の声に、俺は顔を向けた。木田は真っすぐ廊下の先を見据えていて俺のほうを向くことはなかった。
けれど、どこか寂しそうだった。
「ハルと出会って、３年経つんだよ」
「あー…、そっか」
早いな、と言うと、木田はくすりと笑って俺を見た。さっきまでの横顔とは違い、楽しそうに笑ってみせる。
「同じクラスなのに２年生になってからやっと挨拶するようになったんだよ？」
「そーだっけ」
「うん」
ふふ、と。謝るべきかどう返すべきか迷う俺を見透かしたように木田は後ろで手を組み、笑った。
「ハルって皆の中心にいるように見せて、いつの間にかいないよね」
意味が分からずに、首を傾げれば木田は言葉を変える。
「皆に好かれて、必要とされて、でも、」

「…」
「ハルは皆に必要以上は気持ちを与えない」
うまく言えないなー、と苦笑いを浮かべた木田。俺はその木田が言いたいことがなんとなくだが分かった気がした。
確かに嫌われていないしむしろ好かれていると思う。けれど頼りにされてリーダーをやる、なんてことはうまく避けてきた。
面倒だった。赤の他人の感情やもめ事に巻き込まれたくなかったし、要領良く生きたかった。
「でもさ」
木田の声が、ワントーン落ちたように聞こえる。
「ことちゃんが関わってから、ハル、そうじゃなくなった」
そうだ。
俺は、変わった。
「ことちゃんには…、自分から関わるよね」
「…」
「なんでだろうね」
苦笑いを浮かべた木田は、髪を耳にかけて俺から視線を逸らす。
「なんで、ことちゃんなのかな」
「…、」
木田は、そう静かに言って黙ってしまった。昼休みの喧騒の中でその静かさは、やはり、異質だった。

「…なんで、か」
「はい？」
「いや独り言」
相変わらず金魚を見つめていたことは俺を振り返ると、小さく首を傾げた。今は放課後。外からはテニス部のかけ声が聞こえてくる。
俺は椅子に座りながら、ことを見つめた。

「あ、そうだ先輩」
「何」
ことは俺に近付き、スカートのポケットから何かを取り出す。
「これ」
「ん？」
俺の手に落とされたのは、キャラメル。いきなりどうしたといわんばかりにキャラメルから視線をことに向けると、嬉しそうに笑う。
「香代子先輩から貰いました」
「…木田？」
ふと、先ほどまで考えの中にいた人物なだけに心臓はどきりと反応した。
ことは何も知らず隣に腰かけてキャラメルを包み紙からはがして口に含む。
「掃除終わりに職員室前で会って、その時に」
甘い、と笑いながら言うことにちらりと視線を向けた。
「…何か言われた？」
不自然じゃないように、なんて。そんな言い方をしたせいかことの瞳がくるりと俺を見つめたので反射的に視線を逸らす。
キャラメルを取り出そうとしていれば。
「あ、ハル先輩に宜しくって」
「ふーん」
あ、本当に甘い。コロコロとまだ固いそれを口の中で転がしながら俺は相槌を打った。
木田が少し、気になった。なんだか変な感じがしたし、何よりあの悲しそうな瞳が苦手で。
悩んだような顔をする俺をことが覗き込む。
「顔、怖いですよ」
「これからの社会福祉について考えてたんだよ」
「…嘘だ」

「…嘘です」
ことは溜め息を吐いてみせる。そこまでしなくてもいいのに、と思いつつも無言。静かになった教室内に、意味なくきゅ、と胸の下のほうが緊張するのが分かる。
「…」
「…」
ちらり、ことを盗み見れば。まさかのまさか。ことも俺を見ていたので目が合ってしまった。大袈裟に俺の心臓が跳ね上がって、頬もつられるように赤くなる。
それに、ことまでもが頬を紅潮させた。
「…ハル先輩が赤くなるから」
「え、俺のせいなの」
「だって…、なんか恥ずかしくなって…」
俺とことはぎこちなく視線を逸らした。あー…、柳橋に見られたくないなこんな俺。
(中学生かよ)
視界の端では黒と赤がゆらりと揺れた。
「ハル先輩」
「…ん?」
ゆっくりとした口調のこと。今度は顔を向けてその表情を伺えば。
「…」
口を開いたまま、ぱくぱくと小さく口を動かすこと。俺は首を傾げた。
「どうした?」
「あ……、い、いえ、ちょっと」
ことはすぐに気まずそうにかすれた声でそう言った。

ことが何を言いたかったのか俺は分からないけど、
聞けば良かった、なんて。

今更言っても、遅いのに。

「…そっか」
その時、俺はただそう返すだけだった。困ったように笑うことがいたのに。いつだって俺は、一歩足りない。
「…もう、夏だな」
「プール入りたいです」
「この前入ったじゃん」
「足だけですよ」
またそうして他愛もない会話を穏やかな空気に乗せた。

「よし、帰るぞ」
「…また？」
「また」
ばしばし、と自転車に跨がりながら後ろの荷台を叩いてみせる。ことはずるり、と肩にかけていた鞄を落としながら首を傾げる。
「まだ明るいですし、送ってもらわなくても…」
「送る」
「…えー」
渋々、という態度を全面に押し出しながらも、ことはカゴに鞄を入れて後ろに腰かけた。それをちらりと確認して、ペダルへ足をかけた。
きゅ、と腰の近くのシャツを握ることに心臓はあからさまな反応を見せるが、俺は馬鹿みたいに晴れた空を見て気を紛らわす。
「…行くよ」
「はーい」
ペダルを漕ぎ出すと、風が俺とことを撫でた。
校門を出て見慣れた景色を突き進む。同じ制服を身にまとうやつらの横を通り過ぎ、角を曲がる。

「…ハル先輩」
「んー？」
自転車の走行音に掻《か》き消されそうな小さな声でことが呟く。ちらり、ことを振り返れば前を向けと怒られてしまった。
「ハル先輩は、卒業したら大学に行くんですよね」
「…まあね」
「…頭、いいですもんね」
「普通だよ」
苦笑まじりに返すと、こともちょっと笑った気配がした。もう季節は夏で。暑さが判断を鈍らせるけれど、やらなくてはいけないことばかり増える。
見つめなければいけない将来という不確かで脆《もろ》いものを見るより、俺は。
(…ことが、)
ことが、どうしたら笑ってくれるかってことのほうを考えてしまう。
それも確かに未来で。小さな小さな未来だけど、大きくて叶《かな》えられない未来を見るより俺には大切に思えた。
「…私もハル先輩と同じ学年に生まれたかったな」
「ん？」
「え、あ、…いや別に変な意味じゃなくてただそう思っただけですよ」
何故か俺をシャツごと揺さぶるこ と。俺は笑いながら変な意味だなんて思ってないよ、なんて言ったけどちょっと嬉しかったりした。
「卒業しても変わらないよ」
「…変わります」
「そうかな？」
「そうです」
確かに物理的な距離は変わるのかもしれない。でも俺はことが心配できっと何度も顔を出すし、気持ちが変わることもないと思った。
「…とっても寂しいですね」

「…」
ちらり、振り返ると今度は怒られなかった。
きゅとブレーキをかけてコンクリートに足を付く。
「やだな……」
俯くことの頭を盛大に撫でた俺は、また自転車を漕ぎはじめた。

「こーと」
「…」
「こと、ほら」
「…」
(…参ったな)
自転車はことの自宅近くにある公園脇に止めた。なんとなく口にはしないものの、俺とことはことの母親という存在で壁が出来ていることは確かだから、わざと、ここで止めた。
だけど、
「…」
俺のシャツを掴んだまま、ことは荷台から降りようとはしない。そんな小さな姿を目に入れながら、俺は苦笑いを浮かべつつ溜め息。
その溜め息にことの華奢な肩が震えた。
「こと」
「っ…」
何も言わないこと。俺はゆっくりと自転車から降りてスタンドを立てる。
ことは俯いたまま、俺のシャツだけは離さない。
「…伸びる」
「…伸びちゃえ」
こいつは俺のシャツをなんだと思ってるんだ。か細い指先が摘むシャツを見て、俺は笑った。
そして俯くことの顔を覗き込めば、何故か泣きそうなことがいた。

「…どうしたの」
「だって…、先輩は、」
そう言葉にしはじめた途端に瞳が涙で曇る。ぎょっとした俺に対し、ことは涙をこぼしそうになるまでためる。
「先輩は…寂しくないんですよね」
「…何が」
「卒業…、とか」
ぽろり、ついに滴が大きく瞳から落ちた。あまりに綺麗だったので泣いていると気付くのにワンテンポ遅れる。
だが無意識のうちにその瞳の端に指先を添えて涙の痕《あと》を拭っていた。
「…こと」
滴は止まることを知らず、こんな濁った世界の中に綺麗過ぎるほど美しく小さな海をつくっていった。
小さな体が消えそうで、壊れそうで、枯れそうで、俺は胸の深い部分がしめ付けられる感覚を覚える。
「…行かない、で、下さい」
「…っ」
「私はまだ、」
ゆっくりと顔を上げたこと。その瞳の中に、随分と情けない顔をした俺がいた。そして、
「ハル先輩のいる、」
「この居場所を手放したく、ないです」
ぽろり、またこぼれた滴。
「――――…」
この世の言葉では表せないその感情が俺を動かす。熱いのか、痛いのか、苦しいのか、いや、全部か。
とにかく胸が様々な感情に押し潰されそうで、呼吸が止まりそうになりながら、必死に声をしぼり出した。

「まだ、いろよ」
少し間をおいて。
「これからもずっといればいい」
ことの肩を掴み、まるで言い聞かせるみたいに伝える。泣いているのはことなのに、俺まで泣いてるみたいな心境だ。
揺れるミルクティー色の前髪の間から見えたことは、
「はい…」
困ったように笑って、恥ずかしいような嬉しいような。そんな表情を浮かべたんだ。
ああ、だめだ。そう思った瞬間には、
「っ…、ハル先輩…」
「…ちょっとだけ」
俺は、ことをまた抱きしめていた。ことは拒否することはせずに、俺の胸に額を寄せる。その小さく細い体を確かめるようにまた力を込めた。
「ハル先輩、あったかいですね」
「…うん」
「心があったかいからですかね」
「…うん」
やっぱり、泣きそうになった。
「…こと」
「はい？」
抱きしめられたまま、ことはゆっくりとした口調で返事をした。
「学校、辛くない…？」
そう言うと、くすくすと悪戯に成功した子供のような笑い声をもらした。
「ハル先輩がいるのに、辛くなんかないですよ」
「…本当に？」
「はい」
きゅ、と俺のシャツを握ること。その仕草に熱い衝動が弾ける。

「でも、もし」
「…」
「辛くなったら」
「…うん」
「慰めて下さいね」
「…当たり前だろ」
守りたいと思っても、高校生の俺は無力でイキがることしか出来ない。
恥ずかしくて、いっそ消えたい。
でも。ことの涙が俺の体温で止まるなら。
俺はいつだってこの温度でことを抱きしめようと思った。
ゆっくり離れた俺とこと。恥ずかしいのはお互い様。じんわり赤くなる頬を隠しつつ、ことは荷台から降りて鞄を手に取った。
「じゃあ、また明日」
「はい」
ありがとうございました、と頭を下げて微笑むことに俺も笑みを返す。
そしてスタンドを外し、自転車に跨がった。
「気をつけて下さいね」
「んー」
ふわりと笑ってそう手を振ることに、手を上げてみせた。背中が見えたのを確認し、俺もくるりとUターンして自宅への道へと方向転換。
「…」
最後にちらりと振り返ると、こともこちらを見ていて目が合ってしまった。どきりと跳ねる心臓。
俺はペダルに体重をかけ、ことに叫ぶ。
「明日な！」
ことは、それに応えるように綺麗に笑った。

これが、

ことの笑顔を見た、
最後だった。

私と先輩と恐怖

ハル先輩と別れた私は、高鳴る胸の辺りを制服の上からきゅ、と握り、にやけそうになる唇をなんとか抑えた。
(空、綺麗だなー)
見上げた空は快晴。夕方だから少し橙色と藍色がまざったような、そんな不思議な世界。
ゆっくりと歩きながら、私はハル先輩の言葉と体温を思い出して小さく笑った。
(早く…、)
早く明日にならないかな。
嫌いだった学校が、ハル先輩という温かい存在によって1番行きたい場所になった。
もっともっと、近付きたくて。
でもたまに私を見ては柔らかく笑うハル先輩は、やはり先輩なのだ。
私を後輩としてしか見ていないのか、良く、分からない。
(…まあ、いっか)

まだ、この気持ちをハル先輩に伝える勇気はない。
いつか、
ハル先輩を見て気持ちが溢れ出したら。
(その時は、聞こう)
よし、と気合を入れて公園沿いを歩いて家に向かう。夏の空はあっという間に藍色の割合が増えていく。
そんな神秘的な空に見とれていれば。
「春川ことちゃん?」

「………え…？」
振り返ったら、
知らない、男の　人？
私は
なんで捕まれて
手が、口を押さえられて
けど、声が、
嗚呼《ああ》、
「…ハル、先輩…！」

た

　す

け

　て

俺と後輩と声

「ことが休み？」
「…あ、はい、そうです」
放課後になってもなかなか現れないことに、まさかまたいじめられているのかと不安を煽られて教室までやってきたのだ。
そこにはもう数人しか残っておらず、近くにいた男子生徒に聞けば休みだと言う。
(…休み？)
なんだか釈然とせず、俺は携帯を取り出してことにかけた。
ワンコール、ツーコール…、どんどんコール音だけが耳に残るばかりであの凜とした声が響くことはない。
仕方なく電話を切り、俺は首を傾げた。
「…風邪か？」
日直の男子生徒にも聞いたが、良く分からないの一点張り。保健日誌になら書いてあるとの情報を耳にした俺は少し足早に保健室へ歩きはじめた。

「失礼しまーす」
がらり、白い引き戸を開ければ。眼鏡《めがね》をかけた保健の先生がコーヒー片手に俺を見つめていた。
「あらハルくん。どうかした？」
「あのさ、１年４組の春川ことのこと聞きにきた」
机の脇に積まれた各クラスの保健日誌。先生はああ、なんて言いながら溜め息。
「いくらハルくんでもだめよ」

「なんで」
「まあ…、家庭の事情とでも言ったらいいのかな」
困ったわね、と先生に詰め寄る俺にまた溜め息。家庭の事情？　また母親関連なのか？　どくり、どくり、嫌な汗と共に不安ばかりが膨れ上がる。
「ことに、何かあったんですか…？」
「…ハルくんは、ことちゃんと仲良しだったんだよね」
頷く俺を見つめ、しばらく悩むように視線をさ迷わせた先生は、小さく言った。
「彼女、きっとしばらくは学校休むと思う」
「…なん、で」
言葉がうまく出てこない俺に、先生は真っすぐと。
「家庭の事情よ」
そう、言った。

「っ、くそ、」
俺はかつてないくらいに自転車を漕いでいた。普段絶対にやらない立ち漕ぎなんかしちゃって、必死に自転車を走らせた。
向かう先は、ことの家。
いくら聞いても教えてくれないんだから、こうなったら直接行くしかない。
ちらり、と。頭をことの母親が過ぎったが忘れたふりをした。

いつもの半分の時間でたどり着いたことの家。自転車から転がるように飛び降りて、玄関へ向かう。
背後でがしゃんと自転車が倒れた音がしたがかまっていられなくて、俺は乱れた息を整える暇もなくインターホンを押す。
「っ…」

ピンポーン。
静か過ぎるほどひっそりとした家に響く音。だが人の気配は、ない。もう1度押すが、誰も出てくる気配はなかった。
「…なんでだよ」
おかしい、おかしいだろ、こんなの。
俺は迷惑だとか常識だとかを忘れて馬鹿みたいにドアを強く叩いていた。
「すみません！　すみません誰かいませんか…！」
静かなままの、そこ。
「…こと…!!!」
と。
がちゃり、ドアが開いた。
「こ、」
こと、と言いかけた俺はそれこそ呼吸ごと停止してしまった。
だって。ドアを開けたのは、ことではなくて。
「…あんた、誰」
けだるそうに前髪をかき上げた、ことの母親だった。不機嫌そうな眼差しに言葉を失うが、すぐに我に返る。
「あ、の…！　柊と言います。ことさんいらっしゃいますか？」
「こと……？」
ことの名前により深くなる眉間《みけん》のしわ。心の底が冷えるような緊張に近い感覚がして黙る俺。
するとその人は俺の顔を見て目を細めると、「ああ」なんて侮蔑《ぶべつ》するように笑ってみせた。
「朝帰りの時の子、ね」
「…っ」
ただただ、その瞳に負けないように。まるで睨むように視線を逸らさなかった。
ドアにもたれかかり、ロングカーディガンに包まれた腕を綺麗に組んで見下すように笑う。
「何しにきたの？」
「…ことさんに、会いに、です」
ふーん、という表情で薄いピンクベージュが乗せられた唇をひき上げたその人。とてつもなく居心地の悪い視線に、ぎゅ、と拳を握った。
「ことに、会いに？」
まるでそれが笑い事だといわんばかりの口調に、ついムっとして眉をひそめた俺。
「…なんか変ですか」
そう言うと今度こそ身をしならせて笑うその人。細い体はどこかやつれていて、目の下にある化粧では隠しきれなかった隈《くま》が何故かその動作で目立って見えた。
「あんた良く会いにこれるね」
「…は？」
かなり態度の悪い返事だったが。ことの母親は気にする様子もなく、――いやどちらかといえば俺に関心がないようだった。とにかく冷めた視線を向けると、鼻で笑ってみせた。
「ま、別にいいけど」
「…」
くるりと背を向けてどこか覚束《おぼつか》ない足取りで中へ入る。俺は玄関でその背中を見つめて立ち尽くしてしまった。
と。
リビングのドアをくぐる前に、ちらりとこちらを振り返ったその人。
「二階の右」
至極無表情で、冷酷な瞳を俺に見せてその姿をリビングに消した。
数秒間そこから動けなかった俺だけど、なんとか重い足を動かして、中へ入った。
がちゃり。背中でドアが閉まった。

「…お邪魔、します」
履き潰した靴を脱ぎ、上がる俺。脇に並べられたスリッパを履くこともなく奥に見える階段を目指す。
その時にちらりとリビングのほうへ視線を向けるとその人はソファーに座りながらお酒を飲もうとしていた。
「…、」
そんなものから目を逸らしたくて。俺は目を閉じるようにしながら、通り過ぎて階段へと足をかけた。
ぎしりと鳴る階段。上がるにつれ心拍数も比例するように高鳴る中で、俺の頭には、昨日俺に笑いかけることが浮かんでいた。
“ハル先輩”
「…っ」
ことに会いたくて会いたくて、たまらなかった。
階段を上がり切れば、右手にドア。その前に立った俺は、またぎゅうと拳を握った。
「…こ、と？」
そっとドアに顔を寄せ、問いかけるように言えばかすかな物音がした。
どうやら本当にことはこの中にいるらしい。
「入ってもいい…？」
何も返ってはこなかった。どんなに待っても広がるのは沈黙で。俺は心が酷く重くて自分だけでは持ちこたえられないような気持ちになる。
ゆっくり、ドアノブに手をかけた。かちゃりというかすかな音に室内からまた何か音がした。
「…ごめん、入るよ」
がちゃり、少し重いドアノブを捻って、ドアを開けた。
心臓が、強く強く高鳴る。
「――――…」
シンプルな部屋。かけられた制服。ちょっとだけ棚に並べられた文庫本。

机にはシャーペンとルーズリーフと教科書。
ベッドに、小さな膨らみ。
「こと…？」
「っ…」
静かにドアを閉めれば、それに反応してまた膨らみがかすかに震える。
パタン、と。ドアが世界とこの空間を切り離した。
「こと。俺だよ」
ベッドの脇に座り、ぽん、と白くふわふわと空気みたいに軽い布団に手をおいた。それは中身は本当に空気みたいだったが、ことの体に触れたみたいな感覚が手の平に広がった。
「っ」
また震えたその小さな体。怖がっているような動作に心が不安をためる。
家庭の事情、なんて母親を見る限りそういった感じはしなかった。きっといつもあんな感じなのだと思う。
でも。ことは明らかに、いつも通りじゃない。
「…どうした？」
「…」
ゆっくり、とその膨らみが動いて顔を出した。顔といっても目元だけだ。
酷く赤い眼が俺を見付けて、寂しそうに眉尻を下げた。
俺はそれに安心して、でも瞳を見てまた不安にかられた。そっと近付いてその顔を覗き込む。
「どうした？　具合でも悪い？　泣いたの？」
ことに矢継ぎ早に質問すれば、目元だけで力なく笑ってみせた。肯定も否定もせず、ただ、酷く悲しそうなだけ。
泣き腫《は》らした瞼に意味なくぎゅ、と心を苦しくさせられた俺は下唇を噛みしめる。
「何か、あった？」
「……、」

ことの瞳が、揺れた。
「…お母さんと何かあったの？」
「っ…」
「こと…？」
迷うように視線はさ迷って、俺から逸らされる。それが嫌に不安になるから必死に顔を覗き込む。するとついに怖がるように、拒絶するように、瞼を閉じてしまった。
だがら、俺は、
「…お母さんに、聞いてくる」
もしかして暴力でもふるわれたんじゃないか、なんてふつふつと濁った感情が渦巻く心情を押し込めるような低い声で呟いた。
それに、ことが弾けたようにこちらを向く。
「っ」
立ち上がりかけた俺の制服を細い指でひき止め、泣きそうな瞳で見上げる。その表情があまりにも儚く寂しそうだったから、
「…大丈夫、大丈夫だから」
その指を握って、安心させるようにまた腰を下ろした。
「…」
冷たい指に、無意識のうちに眉根が寄った。ご飯を食べてるのかな、こいつ。
いつもより青白く見える肌に心配は募るばかりで、やはり母親と何かあったんじゃないかと、そんな考えが消えない。
「…何か………、」
きゅ、とその小さな手を握って自分のほうにひき寄せた。なんでこんなに胸が苦しいんだ。病気かもしれない。
「何か、言って…？」
「…っ」
それにことの指が強張る。言いたくないことは言わなくていいから、た

だ一言、一言でいいから声が聞きたい。
と。
「ねえ」
「っ」
がちゃりとドアが開くと同時に声が俺を呼ぶ。
そこに立っていたのは、ことの母親。まるで面倒だといわんばかりに眉をひそめてだるそうに発した。
俺の情けない瞳を、次にか弱く繋がれた指先を、最後に自分の娘を見た。
「こと」
「…っ」
「…あのさあ」
びくり、母親の声に震えたことを見たその人は。家族に、しかも娘に向けるような声とはとても思えない溜め息まじりの鬱陶しそうな吐息を吐き出した。
そして。ベッドに近付き、蔑むような視線をことに向けると。
「――っ」
布団を、ひきはがした。
「ちょっと、あん、」
「うるさいわね！　他人は黙っててよ！」
怒鳴ろうとした俺を遮るようにヒステリック気味に怒鳴り返したその人は、ベッドの上で小さく怯えることを見下ろした。
尋常じゃないくらいに震えることは、着ていたシャツの襟を引っ張り、自分の顔を隠そうとしているのかとにかく怯えていた。
細い体が震えることでより細く見えた。手を伸ばそうとした俺より先に、母親は舌打ちまじりにその襟を掴む細腕を掴み、ひき離そうとする。
「っ」
「いい加減にしな！」
「っ！」

嫌だ嫌だと首を振り怖がること。母親はその両腕を掴み、襟から離す。
そして呆然とする俺に、ことの体をひきずり見せ付けるようにした。
その鋭い視線に、思わず息がしづらくなって。
そして。
「ほら、見れば？」
怯えることを、見て、俺は――――…
「――――…、」
声が、出なかった。

「何、それ…、」
ことの首に広がる、
赤い鬱血痕《うっけつこん》。
唇の脇に残る、
殴られたみたいな痣《あざ》。
服の脇から見えたお腹には、
鮮やかな赤い内出血。
「…」
声もなく、
ことの瞳から滴がこぼれた。
ことの母親はそれを俺が見たのを確認すると、無表情にことの腕を離す。
ぱたり、ベッドに落ちたそれ。
乱れた髪をかき上げたその人は、カーディガンから煙草《たばこ》を取り出して口にくわえる。そして箱を俺に差し出すが、受け取らない俺を見てくすりと笑った。
ただただ、その顔を見つめる俺。
かちりとライターで火をつけ、天井に向かってやけに絵になるような横顔で紫煙《しえん》を吐き出した。
そして、

「安心しなよ」
煙草を指に挟み、俺に向かって優しく微笑んだ。
「最後までは、ヤられてないんだから」
「っ、」
振り上げた拳。
目の前に笑う、ことの母親。
２度目だ。
この女を殴ろうと思ったのは。
そして、
「…、こと」
「っ」
ことに止められたのも、２度目だった。
俺の足にしがみつくようにして首を振り続けることに、ゆっくりと拳を下ろした。なんて健気なんだろうか。しゃがみ込み、その腕を解《ほど》いてやる。
「昨日の帰りにね」
母親はふうー…、と煙を吐き出すついでのような口ぶりで言葉を発した。
びくりとことが震えた。
「どうも２ヶ月前に高校生をレイプしたやつらが今度はことを狙《ねら》ったらしくてさ」
腕を組む姿は、まさか娘の一大事を語る母親とは誰が見ても分かるまい。
自然と俺の視線は、キツくなっていった。
「公園のほうへひきずり込まれたんだけど、車で通りかかった人が助けてくれたの」
「…」
「ちゃんと警察行ったし、病院行ったわよ」
はあ、と面倒だったと語る表情で視線を逸らす。また拳に力がこもった。
「そのうち相手も捕まるんじゃない？」

「…あんた、」
「何？　私、何か言った？」
初めて、人をこんなに嫌いでどうにかしてやろうと思った。
悪びれず、嘲るような微笑を浮かべることの母親に憎しみさえ覚えた。
でも、なんとか殴らずに堪《こら》える。
「立派立派。別に殴ったって私の性格が変わるわけじゃないし、賢明じゃない？」
どこまでも馬鹿にした態度。ことから辛そうな呼吸音がもれた。
そして視線を俺からことに移すと、また苛立ったように眉をひそめて舌打ちをした。つかつかと歩み寄り、顎《あご》を強引に掴んで自分と目を合わさせる。
「っ…」
「知られたくなかったんでしょ、この子に」
揺れることの瞳。その人はそんなことを笑った。
「なんか言えば？」
「…っ」
「母親だからって遠慮しなくていいわよ、ほら」
ことはただただ泣きそうに瞳を細める。止めさせようとした俺。そんな俺をちらりと一瞥《いちべつ》した母親は吐き捨てるようにことに、いやもしかしたら俺にかもしれない。やけに響く声で、言ったのだった。
「ああ、そっか」

「声、」

「出ないんだっけ」

「っ、」
ぽろり、また涙をこぼしたことの顎から手を離すとその人は部屋から出ていった。
あまりに突拍子のない事実ばかりを突き付けられ、俺は頭で処理しきれずに混乱する。
でも泣いたことを見たら、自然と体が動く。
「こと？」
泣いているのに、もれるのは乱れた呼吸の音だけ。凄く不安で不安で、その体を抱きしめた。
けれどがたがたと震える体。逃げる腰。
「こと…！」
正しい慰め方も、正しい対処も知らないから。
ただ強くことを抱きしめた。
情けない情けない情けない情けない情けない情けない情けない情けない情けない情けない情けない情けない情けない情けない情けない情けない。
泣いていることに、慰めの言葉１つかけてやれない。

薄暗くなった中で、俺は階段を下りる。
「…」
そのままリビングに入ると、来た時見えたようにソファーに座って、煙草を吸うことの母親がいた。
俺が入ってきたことに取りたてて驚く様子も見せず、すぐに視線を逸らして紫煙を長く吐き出した。
「…ことは、過呼吸みたいになったけど落ち着いて…、今は疲れて寝てます」
そう言うと、小さく笑って俺を見たその人。
「別に。聞いてないけど？」
「…っ」
「怒らないでよ」
娘の知り合い、というより男に対して使うような声色で笑ってみせたその人はまた煙草を吸う。
「…なん、で、」
しぼり出した声は、馬鹿みたいに震えていた。ことの笑顔ばかり浮かんでは、すぐに泣いて震えることに変わる。
母親の、酷く軽蔑《けいべつ》したみたいな視線がゆらりと俺に向いた。
泣きたく、なった。
「娘だろ………、っ」
いじめられてんだぞ。それでも学校に行ってんだよ。毎日頑張ってんだ、ことは。そこにレイプ未遂なんて、おかしいだろ。おかしい、本当に。
でも１番おかしいのは、あんただ。
「母親なんだろ…！」
なんで娘が泣いてんのに平然としてんだよ。
「頭、オカシイだろ」
吐き捨てた俺に、その人はただ紫煙を吐き出した。
「…あのさあ」
煙草を灰皿に擦り付け、俺を見たその人。先ほどとは違ってぎらつく瞳で俺を見つめた。けど、怯《ひる》むことはない。
「自分のことごみみたいに金で捨てた男に似た娘を、どうやって可愛がればいいわけ…!?」
「っ」
「ねぇ、教えてよ！」
近くにあったグラスを床に叩き付けた。派手な音が響き、そこに母親の荒い息も聞こえる。
「あー…、あーあーあーあーもう！」
髪をかき乱し、言葉にならない叫びみたいなものを発したその人は俺を振り向く。
「最初は愛してたわよ！　ことは私が産んだんだから…！」
ソファーを蹴った、その人。

そして、ぴたり、と。
動きを止めて、まるで力をなくしたみたいにソファーへ崩れ落ちた。
「ちょっと…！」
さすがにびっくりして一緒にしゃがみ込むと、どこを見ているのか分からない瞳が俺を向く。
「愛することなんて簡単よ」
「…」
「でもね、」
乱れた髪の間から覗く瞳を見た時、実は、ことに似ているのだと気付いた。
「“愛し続ける”ことは、難しいのよ」
その人はそう言うと、大きな瞳から涙を流した。
「失礼、しま、す」
立ち上がり、玄関へ向かう。急いで、急いで、急いで、靴を足にひっかけてドアから出た。
「っ、はぁ、は、っ、」
ばたん、ドアを閉めてその場に座り込んだ。
ぐるぐるぐるぐるぐるぐるぐるぐるぐるぐるぐるぐるぐるぐるぐる…、あの瞳が俺を追い詰める。
「気持ち、悪い…っ、」
何故か俺は泣いていた。頭がおかしくなったのは俺のほうかもしれない。
悔しいのか悲しいのか分からない。けど、負の感情がせり上がってきて、俺の胃を押し上げるような気持ち悪さを覚えたのは事実。
「っ、」
自分の娘なのに。ことの笑顔がまた浮かんで、また消えた。

大人は、
世界を知り過ぎている。

だから、
ちょっと、
忘れたほうがいい。
子供の俺には分からない。
分かりたく、ない。

俺と後輩と空気

自転車を漕いで、ふらふらとたどり着いたのは学校だった。
そこからすぐに家に帰る気にもなれなくて、俺はぶらりとだるい足を校庭へと向けた。
校舎沿いを歩き、目に入った保健室。窓が開いていたので中を覗き込めば、先生がパソコンを見ていた。そして、俺に気付く。
「あら、ハルくん」
「………うん」
「入ったら？」
特別にコーヒーいれてあげる、と微笑んだ先生に泣きそうになりながら、頷いた。
校庭へと繋がるドアから中に入り、俺は丸い椅子に腰かける。インスタントコーヒーをいれた先生が、俺にマグカップを渡した。
「どうぞ」
「…ありがと、ございます」
温かいそのマグカップを握っているはずなのに、自分はそこにいないような感覚がした。
「…」
白く湯気を立てる黒いそれを見下ろす俺に、先生は静かに言った。
「…ことちゃんに会ってきたの？」
頷く、俺。すると先生は自分の分のコーヒーを飲み、一息おいてからまた言葉を発する。
「ことちゃん、メンタル面でのストレスが声帯に影響するタイプだったみたい」
「…声が出なくなるなんて、あるんですか？」

誰かに嘘だと言ってもらいたくて、情けない声でそう言った俺に先生は苦笑いを浮かべた。
「そうね。ないことではない」
「…」
「強いストレスで出なくなったりするのよ」
「強い、ストレス…」
声が出ないなんて、現実味がなさ過ぎて良く分からなかった。
ほら、と先生は続けた。
「人間関係うまくいってなくて、ことちゃんたまに声出しづらいって言ってたじゃない？」
「――――――え？」
「…、聞いてなかった？」
「…」
頷く俺。聞いてない。前からそんなことがあったなんて、俺は知らない。
「…たまに保健室に来て相談してたの。いつもハルくんの話してるから、言ってたのかと思った」
「っ」
首を振って先生を見上げた。知らない、そんなの。
「いつから…、…？」
確か、と。先生は思い出すように目を細めて、すぐに目を見開く。
「5月あたりに初めて来たのかな」
5月。ことと出会って仲良くなりはじめた頃だろうか。
「――――…あっ」
頭を、がつんと殴られたみたいだった。
“………いえ、なんか風邪をひいたのかもしれません”
俺を昼休みに呼び出したこと。
“あー…、秘密です”
授業を抜け出して保健室に来た時に不自然だったこと。

“………でも、大したことないです”
風邪だとことは美術室で言っていた。
「…」
英文の練習だと言っていた時、“机の上に教科書なんてなかった” のに。
全部、全部、ことからのサインだったのに。
声が出なくなる前触れを感じていたことに、俺は残酷なことを言った。
“お前、金魚みたいだな”
「…馬鹿だ」
「…ハルくん
「っ、先生、俺、最低だ……」
マグカップを握りしめて吐き出した。すると先生はばしり、と俺の背中を叩いて溜め息。
「はいはい落ち込まない！」
「…」
「すぐに治るわよ、声なら。だからハルくんも明るくしてことちゃんを元気づけてあげてね」
「…は、い」
良し、と笑った先生。すると開いた窓から声が入ってきて眼鏡の奥の瞳がつられるようにそっちに向いた。
「あら。まだサッカーしてる」
俺もそっちを見れば、また前髪を結んだ柳橋が楽しそうにサッカーをしていた。
「…すっごい楽しそ」
「ねー」
俺も力なくだけど、笑った。

柳橋を見ていたら、窓枠で見えなかったところから誰かが姿を見せる。
何の気なしに視界に入れて、俺は固まる。

「柳橋先輩、ちょっと休憩しましょー」
笑う横顔には見覚えがあった。直接会ったのは２回。あと１回は教室から校庭にいるその姿を見た。
「本井…」
独り言のように言った言葉に先生も反応した。
「あら、本当だ」
「…本井のこと知ってるんですか」
「うん」
にこやかに俺を見て、また校庭に視線を移して馬鹿騒ぎする柳橋達を見て苦笑い。
「今朝も話したのよ？」
「…へぇ」
「あ、そうか。もしかしてハルくんと本井くんも仲良しなの？」
「え、なんで…」
きょとん、とした先生。
「本井くん、ことちゃんと仲良しでしょう？」
それに対して、一方的に、とは言わなかった。曖昧に視線を本井に戻せば、横から先生の声が続く。
「今日もことちゃんを心配して保健室に来たのよ」
「…へぇ」
「昨日の事件も知ってたし、ことちゃんと本当に仲良しなのね」
「今、なんて言ったの？」
「…え？」
「今、事件のこと知ってるとか…！」
「あ、うん」
立ち上がる俺にびっくりしたような先生。でも俺は動揺を隠せず、詰め寄る。
「なんであいつが知ってんの…！」

「わ、分からないけど…。ご両親同士が仲良しとか、ことちゃんが相談した、とかじゃない？」
違う、違う違う違う違う、絶対に違う。あの母親が他の保護者と関わりを持つなんてありえない。ことだって告白を断った相手に、しかも声が出ないのに相談？　そもそも携帯のアドレスを知ってるのか？
「…」
“本井って、他校の女の子に変なことしたって有名ですよ”
「ハルくん…！」
俺は保健室から校庭へと走り出した。
足早に柳橋達へ近付く俺。頭の芯が熱い。熱くて、苛立つ。
「あっれ、ハル？」
柳橋が俺に気付いてへらへらと片手を上げた。けれどそんな柳橋を無視して突き進む。それにちょっと困惑気味にたじろいだ柳橋。
「おい、ハル？　お前なんか目ぇヤバいけど」
「うるせぇっ…！」
黙れよ、と柳橋を睨み付けて俺はゴール前に立つ本井を見据えた。するとボールを拾った本井が俺を見て、爽《さわ》やかに笑う。
「こんにちは、先輩」
「————っ、」
俺は勢い良く振り上げた拳を、鋭く、その顔面に叩き付けた。
「っ、ハル!!」

事の成り行きを見守っていた保健室の先生だろうか。甲高い悲鳴が聞こえた。柳橋の焦った声もする。
だけど、
止まるわけがない。
ぐらりとバランスを崩してひっくり返った本井のマウントポジションを取って、俺はまた拳をぶつける。

「っ、てっ」
顔をしかめて痛みに耐える本井に、何度も、何度も、何度も、何度も、何度も。
「ハル、やめろよ！　どうしたんだよ…！　おい！」
俺を押さえ込もうとする柳橋を振り払って、下の本井の胸ぐらを掴み上げた。
「お前…!!!!」
「あ、聞いちゃいました？　春川に」
へらり、笑う本井にカッとなる。
殴ろうとして、拳を止めた俺。それは柳橋が力を入れたせいもあるし、こいつにこれ以上何かするのが馬鹿らしかったからもある。
本井は、そんな俺を見てまた笑った。
「春川、元気でした？」
「っ」
最後に一発、反射的に殴ろうとした俺。だけど何人かの先生に取り押さえられてもう何もすることは出来なくなった。
そんな俺を見て、本井は、くすりと笑った。
「残念。ヤレると思ったのに」
「———」
殺意が芽生えたんだと思う。今思えばあの時の俺はとてつもなく危ないやつだった。確実に本井をどうにかしようという悪意を持って殴りかかった。
最後に、先生を振り払って本井を殴り飛ばした。
「柊！　やめろ！」
殴ったあと、俺は、泣きたくなった。

「失礼しました…」
まだ母親は中に残って今後のことを校長と教頭、担任、学年主任、生徒指導と話すらしい。とんだ騒ぎだ。
がらり、とドアを開けて校長室から出た。するとすぐ脇にメッセンジャーバッグを肩から下げた柳橋が座っていた。
「よー、ハル」
「…うん」
片手を上げた柳橋に俺も情けなく片手を上げた。それに苦笑いを浮かべて、柳橋は立ち上がった。
「お疲れ」
「…うん」
「どうなんの？　まさか退学じゃないよな」
俺はちらりと校長室に視線を向けて溜め息を吐いた。
「たぶん…停学」
「お、寛大寛大」
やったじゃん、と笑う柳橋に肩をすくめて笑ってみせた。どうなるのだろうか。３年生のこんな時期に停学なんて。
まあ、俺が悪いんだけど。
「いやー。いつも無気力なハルくんのあんなガッツある姿を見れて良かったよ」
「…ちゃかすなよ」
「あはは。だっていきなり喧嘩なんて笑うしかないだろ」
にやり、笑ってみせる柳橋。そんな柳橋に、俺は、はあと溜め息まじりに寄りかかる。
「おーおー弱ってんなー」
「…うん。ちょっと色々あり過ぎた」
「…そっか」
「…うん」
お疲れ、と。またそう言った柳橋に俺はありがとうと返した。

俺はやはり停学になった。退学にならないだけマシだと柳橋に言われたが、本当にそうだと思った。
本井のことは、良く知らない。
でも退学になったところを見ると何かしら学校側にばれたんじゃないかと思った。
だからと言って警察に捕まることもなかった。そんな終わり方をした俺の人生、最初で最後の喧嘩事件。
人を殴るのは、疲れた。
しかもどんなに相手が悪いやつだろうが、後味が悪い。二度とやるもんかと柳橋に言ったのを覚えている。
停学は１週間。異例の短さと先生達の優しい声かけに、本井の退学の理由が分かった気がした。保健室の先生には泣かれた。でも、何故かありがとうとも言われた。

停学になって１日目。
「…」
俺はタルト片手にことの家の前に来ていた。停学をまるで無視した外出に、母親は怒るどころか何か買っていけと逆にお金を俺に渡した。先生達から何か聞いたのかもしれないけど、何も言わずに送り出してくれた。
ピンポーン。
鳴らしたインターホンに、反応はない。
（どうすっかな…）
きょろきょろと窓などを見て、溜め息。すると。
がちゃり…
「あ」
目の前のドアが開き、中から顔を出したのは。
「おはよ……、こと」
「…」

ぱちぱちと何度も瞬きを繰り返すことがいた。
グレーのパーカーを着ていることが新鮮で、俺までぱちぱちと瞬きを繰り返してしまった。
だがすぐに我に返り、俺は急いで片手にあるタルトの箱を持ち上げる。
「タルト、食べない？」
それに、ことは困ったように笑った。

「…」
「…」
２人で黙々とタルトを食べる、午前中。ことはしきりに俺を見てはすぐに視線を逸らし、落ち着かない。逆に俺は母親がいないことに安心してぼーっとタルトを食べていた。
と。
「ん？」
「っ」
目が合うと、ことはびくりと肩を跳び上がらせた。なんだか若干傷付くが、ああ怖いんだ、と思ったらそれも消えた。
「…なあ、こと」
フォークをおいて、俺はことに向き直る。でもかすかに震えることはタルトを見下ろしたまま動こうとはしなかった。良く見れば、あまり食べていない。
「…こと」
「…」
再度名前を呼ぶと、怯えるように瞳を閉じてしまった。これはさすがに寂しい。
(あ………)
パーカーの隙間から見えた首にはまだ消えぬ鬱血痕。ぎり、と歯が鳴った。

「…こと」
呼んだ名前は、ことを怖がらせるだけみたいだ。ぎゅう、と自分の服を握りしめるその姿に心が沈んだ。
しばらくことを見つめていれば、恐る恐るという感じでことの目が開く。
そして、
「…」
ちらり、警戒するような瞳が俺を見上げた。俺は情けない笑みでそれを見つめ返す。
すると途端、崩れたようにことは瞳の鋭さを解いた。
「どうした」
泣きそうなことに笑いかけると、ことは携帯を取り出して何かを打つ。
あまり慣れてないようで、ゆっくりと。
そして打ち終わった画面を俺に見せた。
〈学校は？〉
「…」
１番言いにくいことを聞いてきたな、本当に。苦笑いを浮かべた俺は隠してもしょうがないのでさらりと言ってみた。
「停学、かな」
「っ！」
びっくりすることに思わず笑ってしまった。
すぐさま携帯にまた文字を打つこと。
〈なんでですか？〉
「あー…、まあ、ちょっと悪ふざけしてさ」
〈悪ふざけ？〉
「…喧嘩、みたいな」
ことは俺の言葉に固まった。携帯を打ちもせずに、ただただ固まる。困ったな。今更撤回も出来ず、ことの反応を待っていると、
「…、」

ことはいきなり俺の腕を掴む。びっくりする俺なんかおかまいなしでそのまま服を引っ張ったり色んなことをした。
「な、ちょっと待て！」
なんだなんだ、とことを止めると、ことは口をぱくぱくと動かした。
だが声は出ず、思い出したように携帯を捜す。
「〈怪我《けが》したのかと思って〉？」
「…」
俺の言葉にことは顔を上げた。
ゆっくり頷くこと。その頭に手を乗せて髪の毛を乱してやる。
「それくらい分かるよ、口見れば」
「…っ」
嫌がりながらも、ちょっとだけ安心したように目を細めたこと。
やっと前みたいな表情が見れて、重たく冷たさを増して沈んでいた心が、軽くなった。
「怪我はしてないから。大丈夫」
そう言えば納得したようにことは頷いてみせた。おとなしく撫でられることを見ていて、もっと男に対して怖がったりするのかと思ったが大丈夫らしい。
万が一の可能性もあるのでここに寄る前に臨床心理学の本だとかを読んで対応を頭に入れてきた。付け焼き刃《ば》ではあるけどしないよりマシだと思った。
「…俺が、嫌じゃない？」
「…」
ことが俺を見上げた。
するとゆるゆると左右に振られた首。
“ハル先輩だから”
そう言ったこと。すぐにじわじわと赤くなるあたり、唇を読み間違えたわけではなさそうだ。

「うん、ありがと」
良く分からない返事になったけど、俺が安心したのが伝わったらしくてことも小さく笑ってみせた。
“いつまでですか？”
「停学？」
頷く、こと。
「１週間」
それに感想を言うことなく、ことは俺を見上げた。だから笑って、
「１週間遊び放題」
そう言えば、ことは笑いながらも呆れたように携帯に。
〈反省して下さいよ〉
「…ことに怒られた」
また笑って、タルトを食べた。

停学２日目。
今日は家に担任が来るのでことのところへは行けなかった。別に来るのは夕方だから大丈夫だろ、とは停学になった手前言えず。
その日はメールだけのやり取り。ことはやっぱり最後に〈ちゃんと停学になったことを反省して下さい〉と付け足してきた。
（ちょっとはしてるけどな）
結局、家に来た担任は俺に授業のことや近くあるテストについて。柳橋が盛大に寂しがっていることなどを言って、説教なんてせずに帰っていった。
ただ最後に。
「柊、早く戻ってこいよ」
そう言っていた。はい、と呟くとまた心が軽くなった。

停学３日目は、

「ハールー！」
「…」
前髪を結んだ訪問者によってはじまった。もう時刻は９時半。登校時刻をとうに過ぎていながらここにいるなんて明らかに学生の本分を怠る行為だ。
俺はリビングでお茶を飲む柳橋に言う。
「お前、学校は？」
「それだけはお前に言われたくねーよ」
「こっちは停学なんだよ」
「俺は風邪で休み」
風邪、なるほど風邪か。風邪にしてはやけに爽やかな柳橋にふーんと相槌を打ってみた。
すると柳橋は思い出したように鞄から何かを取り出して俺に渡す。あまりにぐちゃぐちゃで受け取るのも気がひけたが、とりあえず受け取った。
「何、これ」
「見れば分かるだろ！」
「いや…、」
正直、分からなかった。
「…は？」
文字がごちゃごちゃと書かれたそれ。もう１度柳橋を見れば、煎餅《せんべい》を食べながら。
「ノートのコピー」
「…」
ちらり、ノートのコピーらしきものを見るが象形文字かと思うほどに判読不可能な羅列。忘れてはいけない。柳橋は絶望的に字が下手なのだ。
あまりの下手さに先生の誰かに中学まで外国にいたのかと疑われたが、英語の授業でそれは違うと証明された。
「ありがとう」

読み取れるか不安だったが一応受け取った。柳橋は「別に」、と言いつつ嬉しそうだった。なんだこいつ。
「あ、そうだ」
「…何」
「ことちゃんのこと噂とかになってないから安心しろよ」
「…そっか」

停学4日目。
この日はことから母親が家にいるとの報告を受けていたのでおとなしく自宅で勉強。
「…」
つまらなくはないが、ことに会いたかった。

そして5日目。
ことは病院だ。一応、あの人も母親らしいところはあるらしい。様々な本を読んだり口コミをネットで調べたりして有名なカウンセラーがいる病院に行くらしい。
〈気をつけて〉、なんてメールをした俺はばたりとベッドに横になる。
「あー…」
何してんだろ。声が出なくなる症状についてネットで調べても、解決法だとかはこれといって分からない。
「学校、行けんのかな…」
小さな不安が音になって、部屋に響いた。

6日目。
今日はどうしようかと思っていると、インターホンが鳴る。
また柳橋だろうかと玄関のドアを開ければ、そこには予想外の人物が立っていた。

「元気？」
「…え、あれ？」
くすくすと笑うのは、まさかの木田だった。混乱する俺はしどろもどろになりながらもとりあえず。
「学校…、は？」
すると木田は呆れたように笑って携帯を取り出し、待ち受け画面のまま俺の目の前に突き出す。
「今日、祝日」
「…は？」
丁度祝日だったらしい。そういや何かあったな、と曜日が赤く染まっている電子時計を見て思った。
良く見れば木田は私服。
「入る？」
頷いた木田を、家に上げた。
リビングに通し、オレンジジュースを出す。
木田は鞄からクリアファイルを取り出して俺の前においた。
「これ、ノートのコピー」
「あ、ごめん」
柳橋とは全く違う綺麗な読みやすい字で書かれたそれに心底感謝。どうやら俺の表情で分かったらしい木田は、くすりと笑った。
「柳橋くんの字は個性的だからね」
「本当、汚くて困る」
俺も小さく笑ってみせた。木田は一口オレンジジュースを飲み込むと、言う。
「…聞いた時びっくりした」
「あー…、うん」
「でもハルが喧嘩するんだから、何か理由があったんじゃないかと思って」

木田はそう言って、髪を耳にかけた。３年間一緒だと分かるもんだろうか。
「…木田は俺のこと良く分かるな」
苦笑いを浮かべると、木田の動きが止まる。そしてゆっくりと視線が俺へ向けられた。
やけに真剣な目。
「…うん。ずっと見てきたから分かるよ」
「…」
「……ごめん、変なこと言った」
すぐに苦笑いを浮かべてみせる木田に首を横に振る。そしてタイミング良く鳴った携帯を急いで開けばことからだった。
今日も病院に行くらしい。
「…」
病院、か。返事を打とうとする俺に。
「柳橋くん？」
「あー…、うん」
木田に俺は曖昧な表情で笑ってみせた。嘘を吐く必要はないのに、木田の前ではことの話をしたくなかった。

７日目。
俺はことに会いにきていた。
「明日から学校かー」
明日は土曜日なのでまだ休めると思っていたらまさかの呼び出し。しかも土日で補習をびっちりやるらしい。
俺は土産に持ってきたシュークリームを食べながら溜め息を吐いた。こともシュークリームを食べながら小さく笑う。
〈頑張って下さい〉
「…まあ、頑張るか」

溜め息まじりに携帯の文字に返事をした。するといきなりリビングのドアが開く。
「っ」
そこに立っていたのは、ことの母親。まさかの事態に俺は立ち上がる。
それに特に反応することもなく、その人は。
「私、ちょっと学校行ってくるから」
ことが頷くのを確認すると、俺を見て。
「ちょっと来て」
「…」
何を言われるのか。少し不安になりながらもその後ろをついていく。ぱたんとドアが閉まると、その背中が俺を振り向いた。
「停学なんでしょ？」
「…はい」
「…まあ、色々聞いたわ」
「…」
その色々に何が含まれているかは分からなかったが、とりあえず黙って見つめた。
「…ありがとう」
小さく呟かれた言葉。髪をかき上げ、相変わらず無表情だったがそう言った。
「…ことは学校行けるんですか？」
「しばらくは保健室登校だけど、月曜からは行かせるわ」
出席日数もあるからと言った横顔は、きっと本人が思っているより母親のそれだった。

停学明けの月曜日。登校すると、拍子抜けするほどに周りは停学という事実がなかったかのように接してくれた。
それがありがたくもあり、甘やかされているな、とも思った。

「ハル！　復活おめでとうー！」
「…うぜ」
自販機で飲み物を買っていると、背後から抱き付いてきた柳橋。俺は飲み物を取り出しながら、そう言った。
「もっと可愛くしろよー」
「かわ……、いや、意味が分からない」
「せっかく祝福してんだから笑顔でありがとうだろ」
何やらぎゃあぎゃあうるさい柳橋を無視し、俺は歩き出す。
「あれ、昼飯食べねーの？」
「いや、食う」
そして俺はミルクティーを２つ持ち上げた。
「ことのところに行ってくる」

「失礼しまーす」
がらり、開けた保健室のドア。すると窓際にいた背中がこちらを振り返った。
「おー」
ことだ。笑顔で俺を見つめる。ドアを閉めながら近付こうとすれば、ベッドのほうから姿を現した先生。
「ちょっとハルくん。今ノックしなかったでしょ」
「あー、忘れました」
「もう。次からはちゃんとしないと追い出すから」
どうやら他には人がいないらしい。ベッドを囲むカーテンを開けて、先生は椅子に腰かけた。
「ほら、こと」
ミルクティーを投げれば、慌てて取ること。
「ナイスキャッチ」
嬉しそうなことに、俺まで笑顔になった。

俺とことは一緒に椅子に腰かけて、ミルクティーを飲む。
「本当に仲良しねー」
そんな俺達を笑って見る先生。俺はちらりとことを見た。
と。
ことも俺を見ていて、お互いに意味もなく吹き出した。
「なんだか青春時代思い出しちゃうな」
弁当を取り出す先生。青春、か。これも青春だというのだろうか。
俺はミルクティーを吸い上げて考えてみた。でもその中にいざ立つと分からない。
「こと、弁当は？」
その言葉に小さな包みを取り出したこと。開けると、若干焦げた卵焼きとやけにでかい煮物のスペース。
「…」
嬉しそうなことの横顔を見て、なんとなくあの人が作ったのかもしれない、と思った。

「ハル」
振り返ると、そこには委員会終わりの木田。俺は今日１日のことを担任と話したりして、職員室を出たところだった。
「委員会？」
「うん」
なんとなく流れで、俺は木田と階段をのぼる。騒がしい学校の雰囲気も久しぶりに触れると、とても居心地が良かった。
「久しぶりの学校はどう？」
からかうような木田の口調に苦笑いを返しながらも、俺は言う。
「疲れる」
「ハルらしい答え」
おかしそうに笑う木田は、耳に髪をかける。そんなに笑われるとちょっと恥ずかしいんだけど。
一緒に教室に入ると、もう誰もいなかった。
「もう帰るの？」
「あー…、うん」
一瞬部活だと言いかけ、頷いた。ことは皆が下校する前に帰宅しているのだ。金魚には朝、餌をやったし、大丈夫だ。
すると木田は意外そうに首を傾げた。
「部活、は？」
「ない」
そういや木田に部活のことを言ったんだった。俺は教科書を鞄に詰め替えながら、小さく笑った。
「ことちゃんと帰るの？」
にこやかにそう言った木田に、ワンテンポ遅れながらやんわりと否定をする。すると木田はまた不思議そうにした。
「ことちゃん休み？」
「……そうじゃ、ないんだ」
「…」
曖昧に言葉を濁した俺に、木田はそれ以上何かを聞くことはしなかった。

あれからまた週末を迎え、更に数日。それでもことの声は失われたままだった。
俺はもはや習慣になりつつあった昼の保健室通いに来ていて、がらりとドアを開ける。
「失礼しまーす」
「あ、またノックしないで」
すぐに先生から毎度の言葉を投げかけられるが、それをスルーして保健室を見渡した。けれどお目当ての姿は、ない。
「…ことは？」

すると先生はペンで真ん中のベッドを指し示す。
「そこに寝てる生徒とお話してるみたい」
「誰？」
そう言ったら、許可をもらったので俺はカーテンを開けた。
開けたカーテンの中には、椅子に腰かけることと、上半身だけを起こした木田。
「木田？」
「あれ、ハルか」
びっくりしたー、と目をしばたたかせる木田。ことも驚いたように目を見開いている。
なんとなくこの組み合わせが苦手な俺は、木田へ質問をぶつける。
「具合悪いの？」
「あー…、ちょっと、ね」
そういえば前に痩せた？と聞いた時にそんなことを言っていた気がする。
細い腕を見て俺は目を細めた。
「大丈夫？」
木田は頷きながら柔らかく微笑んだ。
「…あー…、何か話してたの？」
そう２人を見つつ尋ねると、弾けたように顔を上げたことが首を振った。
「別に。大したことじゃないよ」
それに補足するような形で木田が言うので、俺は更に追求することはしなかった。
「じゃあ私そろそろ行くね」
ことに向かってそう告げる木田に、どこかぎこちないような笑顔でことは頷いた。ちょっとだけ感じる違和感。
ベッドから起き上がり、上履きを履いて立った木田はどこか危なっかしい。
「お前、大丈夫？」

「立ちくらみしただけだよ」
大袈裟だな、なんて笑ってみせる木田。でもやっぱり倒れそうで怖かった。
俺はことを振り返り、
「ごめん。木田教室まで送ってくるから先食べてて」
ことはそれに瞬きだけで返事した。
「ごめんね、ことちゃん」
申しわけなさそうな木田に、微笑むこと。俺は木田を連れてカーテンから出た。
「あら、大丈夫？」
「俺、送ってきます」
「なんなら早退してもいいから」
先生はあらかじめ用意していたらしい早退届けを木田に渡した。あとは担任のはんこだけだ。
俺と木田は、保健室をあとにした。

階段をのぼりながら、木田は、
「ごめんね、ことちゃんいたのに」
「…いや。大丈夫」
なんとなくことの雰囲気がいつもと違うように思えたが、その時はそこまで気にしていなかった。
結局早退することになった木田と別れ、再度保健室に戻るが。
「…こと？」
ぼんやりとしている、こと。もともと声が出ないので会話という会話は少ないのだが、いつもなら相槌を打つことが無反応だったり上の空なのだ。
顔を覗き込み、眉をひそめた。
「どうかした？」

「っ…」
笑って首を振ることは、やはりどこか変だ。俺はことにゆっくり言った。
「何かあったら言えよ？」
ことは、困ったように笑ってみせた。
そんなどこか違和感のある日々が続き、ことは日に日に俺を避《さ》けるようになった。今日は保健室に入る前に先生に止められるし、どうしたというのだ。
それと同時ぐらいで、学校内にことの声についての噂が流れはじめた。

教室で不機嫌にミルクティーを飲む俺に、静かに柳橋が言う。
「ことちゃんはもう帰ったの？」
もう放課後の教室にはゲームをやる柳橋と俺しか残っていない。机に足を上げたまま、俺は、
「…知らない」
そう言って窓の外へと視線を向けた。ことは俺に会いたくないらしい。
そりゃあんな事件もあったし、不安定なのかもしれない。
でも。
（なんか、違う気がするんだよな）
急な避け方と、ことのあの感じ。俺はミルクティーを吸い出し、鼻から長く息を吐き出した。
「…結構傷付くな、避けられると」
柳橋は何も言わずに、ちょっとだけ頷いてくれた。

それから更に１週間が経った。校内でことの噂はかなり広まり、野次馬が保健室に出入りしたりもした。
ことが畏縮《いしゅく》してしまっていないか、と心配で保健室に行ったけど。
「っ」
また避けられたら、と思ったら入れなかった。立ち去ろうとすると、肩

を叩かれたので思わず勢い良く振り返る。
「どうか、した？」
「…木田か」
びっくりした。それは木田も同じようで、やんわりと笑ってみせた俺に首を傾げながらも一緒に歩き出す。
「今日の英語さ……、あ」
木田が話していると、不自然に区切られた言葉。木田は手を上げて、前方に笑いかけた。
「ことちゃん」
びくりと驚いて立ち止まる俺。前には本当にことがいた。俺と木田を見ると、頭を下げて立ち去ってしまう。
「っ……」
目の前でされると、かなり、こたえた。
(…きっつ)
俺が何かしたのか、と思い出そうとするのだが、思い当たる節は特になかった。隣の木田も不思議そうに首を傾げる。
「…どうしたんだろう」
「…うん」

５時間目。俺は授業をサボって玄関にいた。
この時間にことは母親の車で帰るのだ。１年の下駄箱のところにしゃがみ込んで、しばらく待っていれば小さな足音が響いて、そして、
「…」
ことが、現れた。

「こと」
立ち上がると、ことはびくりと震えて後ずさり。ずきりと心が嫌な痛みを覚えるが、なんとか堪える。

「なんで避けるの」
「っ…」
ことは何か言うこともせず、首を振る。それじゃ分からない。
「俺、何かした…？」
また首を振ること。ますます分からなくなって、一気に詰め寄って腕を掴む。震えるかと思ったが、ことはただ真っすぐ俺を見上げた。
怖がっているわけではなかった。じゃあなんで？
「…なんでか理由教えてよ」
「…」
「こと」
頼むよ、そう言うと、ことはちょっとだけ泣きそうになりながら。
「―――」
俺の手を振り払って、駆け出してしまった。
「…っ」
ことを追うことも出来ず、呆然とする俺。だってことが声もなく言ったのは。
“だいきらい”
俺は盛大に溜め息を吐いて、その場にしゃがみ込んだ。手で顔を覆って。
「あー……、キツ」
この世の終わりみたいな溜め息を1人、また吐き出した。だいきらい、か。それ言われるのが1番キツいな。
しばらくそこから動けずにいたが、やがてチャイムが鳴って俺は動かざるをえなかった。
どんよりとした空気をまといながら教室に戻ると、前髪を結んだ柳橋が首を傾げた。
「なんだ、その死にそうな雰囲気は」
「…ほっとけ」
実際、心は死にそうに重いんだから笑えない。

次の日。柳橋からことが休みだと聞いた。
「なんで柳橋が知ってんだよ」
「後輩が言ってた」
休み、か。本当に噂が広まってきているからそれのせいかもしれない。
(いや…)
俺のせい、かも。また溜め息を吐けば柳橋がちゃかすようなことを言ってきたので頭を叩いてやった。
と。
「ハル、ちょっといい?」
「ん?」
振り向けば、木田。なんだと聞けば、ちょっと申しわけなさそうに眉尻を下げる。
「文化祭実行委員ね、ハルが休んでる間にハルに決まっちゃったんだ」
「…嘘」
「本当」
渡されたファイルには、文化祭実行委員会と書かれてあった。

「明後日《あさって》に顔合わせあるから、って先生が」
「…了解」
にやにやする柳橋をファイルで叩いてやる。すると木田はちょっと気まずそうに、言葉を続ける。
「ことちゃん、声のほうはどう?」
「……、」
何も言えずに苦笑い。それに柳橋がまた笑って言った。
「今絶賛避けられ中だから、ハルは」
木田はびっくりしたような表情を浮かべたが、すぐにごめんと呟いた。
「や、大丈夫」

「…早く仲直り出来るといいね」
「…うん」
仲直り、出来るのだろうか。ぼんやりとそう思った。
ことは結局その週はずっと休み、そのまま学校に来なくなった。

ことに避けられ、でも学校ならば会えるかもという希望はついに消えた。
俺はそんな中でだるい毎日を過ごしていた。食欲も出ないし、やる気も出ない。
そんな俺を柄にもなく心配した柳橋が、ついにある日の放課後。
「ハル、ちょっと付き合え」
「…いやだ」
「いーいーから！」
半ば無理矢理に学校近くにある公園へと連れてこられた。２人でブランコを漕ぎながら。
「なんで公園…？」
「まあいいじゃん」
ゆらゆらと揺れながら、柳橋は笑った。正直早く寝てしまいたかった俺は、溜め息を吐く。すると、
「あのさ。俺、ことちゃんに会ったよ」
「は？」
「いつ…！」
「いや、最初に休んだ日だよ」
確か、後輩にことが休みだと聞いたとか言った日か？　意味が分からず詳しく説明するように求める俺に、柳橋はばつが悪そうに続けた。
「ことちゃんに口止めされてたんだけどさ」
「…」
「朝に30分だけ来てたんだよあの日。とにかくハル先輩には会ったこと言わないでって頼まれた」
「…」

なんだか、ショック。そこまで嫌われていたのかと柳橋から視線を逸らしてブランコを漕いだ。

「ハルと喧嘩したの？って聞いたら違うって言うし」

「…ことは俺が嫌いなんだよ」

「いや、それも違うって言ってたぞ？」

「…はあ？」

俺はブランコを止めた。

意味が分からず、首を傾げてみせれば柳橋は何かを知っているようで、口ごもる。

俺は柳橋に詰め寄り、全て言うようにほとんど脅しに近い形で言った。

「分かったから！　まじ怖いからお前！」

「早く言え」

柳橋は公園を見渡し、誰もいないことを確認すると俺に向き直る。

「その時さ、ことちゃんもう一個俺に言ったんだけど」

何を、と視線で問えば。柳橋は目を細めてみせた。

「香代子先輩にも言わないで下さい、って」

「…木田？」

「そう。木田香代子のことだろ、それって」

なんで木田にも言って欲しくなかったのか。きょとんとする俺に対して柳橋は続けた。

「前も思ったけどさ、木田ってちょっと変だって」

「変って…、何が」

良く分からず顔をしかめる俺に柳橋はゆらりとブランコを漕ぎながら、

「前にお前が木田と付き合ってるとか噂あったじゃん」

「あー…あったな、そんなこと」

「それ、さ」

言わなかったんだけど、と言った柳橋。しばらく間があったあとに、

「木田が言ってたって、女子から聞いた」

「…は…!?」
「木田本人がそう言ったんだってよ」
「…、」
ぱちり、ぱちりと瞬きをする俺に柳橋は続けた。
「今回のことちゃんの声のことも、木田だと、思う」
「っ…」
確かに。木田がことと話していた次の日から耳にするようになった噂ではあるけれど。
「…」
「ハルは気付いてなさそうだから言うけど」
ぼそり、呟くように言った柳橋に顔を向けた。
「木田はハルのことが好きなんだよ」
「…」
「３年間好きでいて、いきなり今年に入ってハルはことちゃんをかまい出しただろ？」
どくん、と。鼓動が不安で速《はや》まった。
「面白くないよ、あいつにしたら」
「っ」
いつだったか柳橋にもっと周りの目を気にしろと言われた。もしかしたらその頃から柳橋は勘付いていたのだろうか。
「…」
「ことちゃん、木田に何か言われたってのはありえない？」
柳橋の声が、頭で反響した。

その日の夜。俺は悩んで、悩んで、その結果、親が寝静まったあとに家を抜け出した。
自転車を漕いで向かった先は、ことの家。真っ暗闇の中、ことの家も例外ではなく暗闇に包まれていた。

「…」
自転車を止めると、俺は携帯を取り出した。ことの名前をアドレス帳から呼び出して発信ボタンを押した。
(出て…)
祈るようにコール音を聞いていると、
「…」
“…”
出た。半分諦めていたので咄嗟に言葉が出なかったがなんとか続けた。
「もしもし？」
“…”
「夜中に、ごめん」
勿論ことから返事はないが、切らずにいてくれていることが嬉しかった。
「外、見れる？」
“…”
しばらく無音だったが、がたがたとうごめく音。そして見上げていた窓にあったカーテンが開けられ、ことが顔を出した。
「久しぶり」
“っ”
驚く表情が見えて、思わず笑ってみせた。そんな俺の顔を見て眉尻を下げることに、なんて言おうかと言葉を探す。
「…柳橋に、聞いた」
“…”
「色々言いたかったけど、嫌いじゃないってのが１番安心した」
困ったような顔を見せることに、俺は小さく笑った。
「なあ、こと」
ことが俺を見つめる。俺もことを真っすぐ見つめる。
「…木田に、何かされた？」
“…”

しばらく見つめ合っていたが、ことはゆっくりと首を振ってみせた。
「本当、に？」
“…っ”
何も反応せず、ことは俺に背を向けてしまう。表情が見えなくなった俺は不安と焦りで声を荒げた。
「こと、俺、言ったよな」
“…”
「何かあったら言え、って」
ぴくり、背中が震えた。俺はその背中を見上げて必死に言う。
「言ってよ」
“…”
「こと…」
振り向かない、背中。俺はどうしようもなく辛くて、苦しくて。
「頼むから」
「こっち、向いてよ」
その言葉に、ゆっくりと振り向いたことは。
泣いていた。
「…こと？」
“…っ”
小さく泣いていることに、俺はなるべく優しく言った。
「ごめん。無理矢理聞くようなことじゃなかった」
“…”
ゆっくりと首を左右に振ったこと。それに俺は苦笑いを浮かべて、
「また明日」
“…っ”
驚くことに、笑いかける。
「学校で待ってるから」
何も反応しないことに俺は電話を切ると、その場をあとにした。

「先生…」
「あら、ハルくん、久しぶり」
授業開始前、俺は意を決して保健室に来た。
「こと…、来てる？」
恐る恐る問えば、眼鏡の奥にある目はちょっと寂しそうに笑った。
「今日もお休みみたい」
「…そっか」
だめ、だった。

俺は放課後になっても、教室から動けずにいた。
「…」
鞄を枕《まくら》にし、ずっと窓の外を見つめる。夏の空が綺麗で、なんとなく泣きたくなった。
「…、あーもう」
うまく、いかない。
と。
「あれ、ハル、まだいたの？」
「…………うん」
教室に入ってきたのは、木田だった。
いつものように微笑んで、自分の席へ向かう。その姿を見つめながら俺は複雑な心境でいた。
「…なあ、木田」
「ん??」
髪を耳にかけながら、俺を振り向いた木田。
「…」
その笑顔を見つめながら、ゆっくり、口を開いた。
「ことに、何か言った？」

「…」
木田は笑顔のまま固まり、すぐにまた笑ってみせる。
「何それ。何も言ってないよ」
「…そっか」
俺はそのまま鞄を手に、椅子から立ち上がる。
「帰るの？」
「…うん」
俺は、教室を出て、溜め息を吐いた。

——次の日。
俺は、ちょっと早めに登校した。すると既に木田は来ていてがらりとドアを開けた俺に驚いたような瞳を向けた。
「ハル…？　どう、したの」
「なんとなく」
木田は持っていたプリントを裏返して机においた。俺はそのまま窓際にある自分の席に行き、鞄をかける。朝の静けさが広がる教室。
「…」
「…」
けど。不自然な沈黙がこの教室にはあった。
俺は木田の背中を見つめ、ゆっくりと口を開く。
「木田」
「…何？」
にこやかに振り返る木田に、俺は無表情で言った。
「お前、俺に嘘吐いてるよな」
「…やだなあ。朝からそんな話題？」
苦笑いを浮かべる木田に、俺は無表情のまま。さすがに木田も、笑みを消した。
「昨日、俺聞いたよな」

「…うん」
「ことに言っただろ、なんか」
「…」
木田も無表情で俺を見つめた。逸らされない視線。かなりの間をおいて、木田はちょっと笑った。
「ことちゃんから聞いたの？」
「……うん」
俺は木田の問いに、わざと頷いてみせた。すると木田は溜め息を吐きながら苦笑い。
「なーんだ。言っちゃったんだ、ことちゃん」
「…」
「どこまで聞いたの？」
木田がそう聞いてきたので、俺は静かに首を横に振る。それにきょとんとする木田。
俺は言った。
「ことは、何も言ってない」
「————…え？」
「ごめん。かまかけた」
「…っ」
木田の表情が、目に見えて崩れた。びっくりしたように見開いた瞳が、ことへ何かを言っていたことが事実なのだとより決定的にする。
動揺したように視線を泳がせた木田に、俺は続けた。
「俺と付き合ってるとかも、噂流したんだろ？」
「…」
「ことに、何言った？」
「…」
「なあ。あの日、保健室で、何言った？」
木田の瞳が、俺を見た。

「…、別に」
木田からはいつも通りの冷静な声。でも顔は無表情で、だいぶいつもと印象が違う。
「ただ」
ちょっとだけ、その瞳が揺らいだ。
「狡い、って言ったの」
まるで泣きそうだった。
「…何が狡いんだよ」
「だって、そうだよ…」
「…何が」
「いじめられてるからってハルに助けてもらって、狡い」
木田は俺から視線を逸らし、机の上にあるプリントを見つめていた。
意味が、分からない。
「…勘違いしてるみたいだけど。俺はいじめられてるからことをかまってたわけじゃないよ」
「…っ」
少し間が空いて。
「…それが許せなかった」
「…」
「私は3年間も一緒だったのに何1つ見てもらえなくて、ことちゃんはハルとどんどん仲良くなる」
嗚呼、柳橋の言う通りだ、と俺は思った。
「だから保健室で、」
一旦言葉を区切ると。木田は、吐き捨てるように言った。
「今度は“声が出ない”っていうのでハルを縛るの？って」
「――――――…、」
がつん、と頭を殴られたみたいな衝撃だった。否定するよりも先に、それを言われたことの気持ちを思ったのだ。

あの時、木田が、それをことに言ったのなら。
「っ」
俺は、ことの目の前で木田を送ると、ことを１人にしたのだ。
１人に、独りに、した。
「…ことちゃん、すぐにハルを避けてくれた」
「…お前、勝手なこと言うなよ…！」
思わず声を荒げてしまった。木田を怒鳴ることがするべきことではないと分かっているのに。
木田は泣きそうな瞳で俺を振り返った。
「ことちゃんが嫌いだったのよ…！」
「っ」
「だって！　ハルは私がいじめられたって、声が出なくなったって、」
木田は、叫ぶように言った。
「ことちゃんみたいには、してくれないって分かってたから…！」
それを知っていて、木田はことに「狡い」と言った。
最終的に泣き出した木田に、俺は力ない瞳を向けた。
「…俺は、ことが好きだから」
大切だから。ごめん。そう言うと、木田は俯いた。
「…」
木田はすとん、と椅子に腰かけた。
「木田」
俺はそんな木田に言葉をかける。別に同情でもなんでもないけど、１つ間違っている。
そう言うと、木田は瞳を俺に向けた。
「お前のことだって、俺は俺なりに見てたよ」
「…」
「お前、動揺すると左手の親指握るだろ」
「………え？」

最初は癖なのかと、思った。でも３年間見ているうちに、嫌な仕事を笑顔でひき受けたり、苦手な友達と話していたり、ふとした時に見るそれに、気付いたのだ。
「昨日も、それやったから」
「あ…」
「だから、嘘って分かった」
木田は、ごめんと、呟いた。
「私、ハルが好きだった。本当にごめん」
「…ことに会ったら、謝ってやって」
苦笑いを浮かべると、木田は机にあったプリントを手に取って俺を見る。
「これ…」
「ん？」
立ち上がり、近付いて受け取った。プリントだと思ったそれはルーズリーフに書かれた何かだった。
（あ、れ）
見覚えのある文字に、俺の鼓動は徐々に速さを増す。
「それね」
木田は、言う。
「きっとことちゃんだと思う」
「…っ」
弾けたように顔を上げた俺に、木田は続ける。
「朝来たら、私の机においてあった」
「…じゃあ」
木田が、小さく笑った。
「きっとことちゃん、学校に来てるよ」
「っ」
俺はルーズリーフ片手に、教室を飛び出した。

俺と後輩と金魚倶楽部

廊下を走って、走って、走って、走って、走って。
階段を下りてまた走ると、先生とすれ違った。
「おいこら、柊！　走んな！」
「すみません！」
謝りつつも、走ることはやめない。また怒号が響いたが、そんなの気にしてる余裕はないのだ。
早くことに会わなくてはいけない。
「っ、くそ、」
俺は手にあるルーズリーフを握りしめた。
ぐしゃり、ちょっとしわが寄るそれ。

ハル先輩の説明書

・ハル先輩について

ハル先輩はたまに歩くことも面倒になってしゃがみ込んで動かなくなります。その時は一緒にしゃがんであげて下さい。

誰よりも他人に興味がなさそうですが、それは他人全員に平等に接したいというハル先輩の不器用ながらもこだわりなので、責めたりしないで下さい。自分よりも相手を優先させてしまいます。しかも、こちらが気付かないところでやっていたりするので。

・好きな飲み物

ハル先輩はああ見えて甘いものが好きだったりするので、ちょっと不機嫌そうだったらカフェオレをあげてみて下さい。きっとすぐに機嫌が良くなります。

・お昼ご飯

ハル先輩はすぐにお昼ご飯を抜きます。飲み物でも栄養になると勘違いしているので、きちんと食べたかチェックしてあげて下さい。

・癖

ハル先輩は、照れたりすると前髪を触ります。思ったことを口に出す癖もあります。他意はなく、素直に褒めています。凄く格好いいのでモテます。自覚は怖いくらいにありません。

とても不器用で、優し過ぎる人です。

周りの幸せを優先させてしまうくらい優しい人です。

たまに疲れてしまうので、その時は何も言わずに手を繋いであげて下さい。それだけで、ハル先輩は笑ってくれます。

どうか、ハル先輩を宜しくお願いします。

私はそんなハル先輩が

大好きでした。

私は、もう、そばにはいられないので。

走り続けて、たどり着いたそこ。俺は乱れた息を整えるように何度か深呼吸して、足を踏み入れた。
「…」
１番奥の部屋は、ドアが開いていた。俺は一瞬立ち止まって、ルーズリーフを握りしめる。
「…」
そして。その中へ、音もなく入る。
そこには金魚を見つめながら床に体育座りをすること。俺には全く気付いていない。
「やっぱり、ここにいた」
「っ」
驚いたように振り向いたことに、俺は笑ってみせた。ゆっくり近付く俺にことはなんで？　といわんばかりの瞳を向ける。
目線を合わせるように、俺も座る。ことは下唇を噛みしめて、ちょっと泣きそうな目で俺を見つめた。
「あのなあ」
ことの目の前にルーズリーフを突き出す。
「こんなの」
ことを見つめながら、俺は、情けなく笑った。
「ただのラブレタージャんか」
ぽろり、泣き出したことを、俺は抱き寄せた。
「っ」
「…全く」
俺の胸で小さく泣くことを、強く強く抱きしめる。
「俺の言うこと少しは守れよ」
「…っ」
「すぐ転ぶし、よそ見するし、無防備だし、何も言わないし」
ことはぎゅ、と俺の制服を握る。

そっと胸から離して、その泣き顔を覗き込んだ。あまりに綺麗に泣くものだから、いつまでも見つめていたくなった。
「…こと」
「…」
そっと顔を近付けて、俺は言った。
「好き」
目を閉じたことに、キスをした。
１度目もここでキスをして、２度目もここでキスをした。
触れるだけのキス。音もなく唇を離した。
するとことは。
いつもみたいに困ったように笑って、それから、

「私も、好きです」

「―――――…」
ああ、もう、泣きそうだ。
ことを抱きしめ、俺は、ちょっとだけ泣きながら言った。
「…もう一回」
それに笑ったことは、俺の背中に手を回す。
「好きです」
視界の端で、赤と黒が揺れるのが見えた。

おわりに

この学校には非公認の金魚倶楽部という、
部員数２人だけのとっても優しくて、
とっても残酷で、
秘密の部活があった。
それは、
ある女の子の居場所で。
それは、
ある男の子の優しさで。
今もひっそりと、
使われなくなったプレハブ小屋の部屋に。
２人は、いるのです。

金魚倶楽部

【END】

金魚倶楽部

番外編

置き去りの恋

「なんかあいつ、優等生ぶってない？」
ほら来た、いつものこと。
（めんどくさ…）
委員会から帰る途中、聞こえてきた会話。あれ、なんて思っていると、案の定《じょう》自分のクラスから聞こえた。
そういう噂って、名前が出なくても自分のことを言ってるって気付くものだ。
今回は、私。
「分かるー。木田って大人ぶってて痛い」
「見てるとウケるよね」
「先生に好かれたいっての見え見え」
「あれ、３年の斎藤《さいとう》先輩狙ってんだって」
「うぜー」
誰だよ、斎藤って。
私は委員会のファイルを抱えたまま、壁に寄りかかった。
中学でも、あった。中学なんて地元のやつらの寄せ集めだから馬鹿なやつもたくさんいた。
だから高校に入るならある程度レベルが高いとこに行こう、ってそう思ってきたはずだったのに。
「…同じじゃん」
どこにだって、レベルの低いやつはいるんだ。
溜め息を吐いて、これからどうやって中にある自分の鞄を取ろうか考えていた。
「木田ってあいつ自分が美人ーとか思ってるタイプじゃね？」
「ああ、ぽい！　寄ってく男子はどうせヤるの目的でしょ」

「まじ笑える！　もうヤっちゃってたりして」
「あ、１組の野球部のやつとか」
ああ、もう、本当に。
―――私はその場から駆け出していた。
(ムカつくムカつくムカつくムカつく…！)
誰もいない静かな廊下を駆け抜ける。気持ち悪い。ムカつく。頭がおかしくなりそうだ。
走って、走って。私は階段を駆けのぼる。とにかく人がいないところに行きたい、ただそれだけだった。
「っ」
屋上に続く階段をのぼり、踊り場までたどり着くと、あと数段残された階段を目で追いながら屋上のドアを見た。
「…」
勿論、閉まっていて。
けれど消えることのない憤りに、私は踊り場の窓に手をかけ、思い切り開けた。
グラウンドが眼下に広がる。
私は、思い切り、息を吸い込んだ。
「ああああああ―――――――――っ！」
悔しい、逃げたい、疲れた。そんな言葉ばっかりが頭の中を狂わせるようにぐるぐると回るのだ。
息が苦しくなり、乱れた呼吸を繰り返しながらその場にへたり込んだ。
と。
「お疲れー」
「っ、」
びっくりして、私は無様《ぶざま》に体を震わせた。そして声の主を探すように顔を動かせば。
「上、上」

「…え？」
屋上のドアがある上のほうからそんな淡々とした声が聞こえ、私は勢い良く見上げた。
すると誰もいるはずのない、使われなくなった机があるスペースに端整な顔立ちの男が階段の手すりに肘をつきながら私を見下ろしていた。
明るくふわりとした髪の毛が、埃まじりで薄ぼんやりとする日差しの中できらきらとして見えたのを今でも覚えている。
ぱちぱちと瞬きをする私にその男は笑う。
「なんか、嫌なことでもあったの？」
「…」
この男を、知っている。
私は何も答えずに見覚えのあるその顔を見つめた。
名前は柊ハル。酷くだるそうな態度で入学式に参加していた。しかも同じクラス。
まだ数ヶ月しか経っていないのに女子の中では知名度が抜群に高くて。
それは勿論、モテるという意味。
男子からもとても好かれているみたい。
「…」
私とは、違う存在。
その男に私の情けない姿を見られたなんて、混乱した頭は馬鹿みたいにカッとなった。
すく、と立ち上がる。
「こんな学校、来るんじゃなかった…！」
馬鹿みたい。私も、周りも、全部。
するとそいつは苦笑いを浮かべながら、階段を下りてくる。私はその顔がまともに見れなくてずっと新しい上履きを見下ろしていた。
と。
「いつも、クラスの嫌な仕事やってるもんな」

「っ」
「疲れたら、疲れたって泣けばいいよ」
ゆっくりと顔を上げると、ふわりとミルクティー色が目の前を通り過ぎた。
階段を下りるその後ろ姿に、私は叫ぶように言う。
「っ、あの、」
するとくるり、振り向いた柊ハルは私を見て笑った。
「また明日な」

置き去りの恋

理由は、ない。けれど私はその日からハルを目で追うようになったのだ。
(…仲良し)
廊下の窓から見える校門で、ハルとことちゃんが並んで歩く姿が見えた。
私はそれに小さく微笑んで、階段へ向かった。
皆が嫌がる委員会の時間に遅れてしまう。

失った春のかけらは儚く

「知ってる？」
「知ってる！　私、先輩のサイトにのってた写メも見たけどヤバい！」
「あたし実際に見た！　まじ格好いいよ！」
窓際の席に座ってクラスメイトのそんな話をなんとなく耳に入れていた。
まだ頬をくすぐる風は真新しく芽吹いた香りを乗せてカーテンを揺らす。
そんな中で、少し、いやかなり孤立している私は忘れられた存在のように風に紛れて溜め息を吐いた。
(…桜、散っちゃった)
大好きな春が、どこかに行ってしまった。どこに行ったのかな。私も連れていってくれたらいいのに。
寂しさがきゅ、と胸をしめ付ける感覚に目を細めた。すると。
「柊ハル先輩でしょ？」
その声に、振り向いた。

失った春のかけらは儚く

良く女の子達の会話に出る名前。
“ヒイラギハル先輩”
どうやら憧憬《どうけい》の気持ちを皆持っているようだ。言葉の端々にありありとその気持ちが見えているから、
(ハル…、はる、…春)
心の中で何度もその名前を呼んだ。
響きが、好き。春って名前が好き。春が好き。
過ぎ去った季節に焦がれる気持ちを、その響きを感じることで満たした。
全く知らない先輩。見たこともない。

「どんな人かな…」
きっと、
春のように穏やかで温かい人。
孤独に囲まれた机から窓の外の世界を見て、少しだけ心はふわりと舞い上がった。
次の春はまだ遠い。

ある日の放課後。
「……（また、か）」
私のカーディガンが消えた。暖かくなってきたからとカーディガンを脱いで職員室に日誌を出してきた。
そして教室に戻ってみたら、私のカーディガンがなかった。
１度目は、
掃除用具入れのバケツの中にあった。
２度目は、
他のクラスのごみ箱にチョークの粉にまみれて捨てられていた。
「今度はどこだろ…」
慣れちゃったのか泣きそうにはならなかった。ただ油断していたから、胸は、やけに痛かった。
私はふらりと教室から抜け出して、静かな廊下をなるべく存在を消すように歩き出した。

しばらく歩いて捜すと、疲れてしまった。
最終的に焼却炉まで見にいったけれど、なかった。腕を突っ込んで捜したけど捜し足りなかったのかな。
とぼとぼ惨めに職員室の横を歩いていると、
「あ、春川さん！」
「…はい？」

呼び止められて振り返ると、学年の先生だった。駆け寄ってくる先生の手には見慣れたカーディガン。
「あ…」
思わず私も駆け寄った。すると先生はにこりと笑って私にそれを手渡す。
「春川さんのだよね？」
「は、い…、そうです」
見たところ別に汚いわけじゃないし破れてもいない。何度か瞬きをしてそれを見つめた。
「これ……、」
「他学年の子が持ってきたの」
「…そうなんですか」
私は安心してそれを胸に抱えると先生に一礼して教室まで走って戻った。一回転びそうになったけど大丈夫だった。
鞄に教科書を詰めながら私は動きを止めた。
「…誰だったんだろう」
わざわざ届けてくれたのは誰だったのか聞くのを忘れてしまった。
私は急いで鞄を閉じて忘れ物がないか確認すると、教室を飛び出して職員室へ向かった。
そろりそろりと後ろの入口から職員室を覗き込む。
と。
「どうかした？」
そんな私に声をかけてくれた先生。びくりと驚きながらもなんとかさっきの先生の名前と居場所を聞くと。
ああ、と微笑んで、
「給湯室にいるよ」
そう言って職員室の隣の給湯室を指さした。私は頭を下げて給湯室へ足を進めた。
中からかすかな声が聞こえる。私はノックしようと手を上げた。

「春川さん大丈夫でしょうか」
私は、そのまま動けなくなった。
「さっきのカーディガンの件ですか？」
「はい」
「裏庭の草むらにあったんでしたっけ？」
「持ってきた子がそう言っていました」
私はよろりと一歩下がった。どくん、どくん、と鼓動が嫌な速まりをみせて体温を下げていく。
怖くなってしまって耳を塞ぎたかった。でも動けない。
「でもなんでカーディガンの持ち主が１学年て分かったんですか？　その子」
「１学年の女子達が何かやっていて、気になって見にいったらカーディガンがあったそうです」
「春川には言ったんですか？」
「言ってないです、まだ」
きゅう、と喉が絞まったように呼吸がしづらい。
「いじめですか？」
「…担任の先生に確かめたんですが違うと言ってました」
「あー、あの先生、去年の受け持ちクラスで退学者が５人も出てるから問題起こしたくないんでしょう」
「けど春川さんが不登校になったらどうするんですか？」
「本当に、どうするんでしょう」
足が震えながらも立ち去ろうと動いた。怖くて泣きたくて、恥ずかしかった。
と、その時、
「私、怒られたんです」
その言葉に、何故だか私は立ち止まった。さっきカーディガンを渡してくれた先生の声だ。

「持ってきた子から“先生は生徒守れよ”って言われました」
———…先生は生徒守れよ。
「っ」
私の深いところが揺れて熱くなった。
「多分あの子、カーディガンの汚れを落としてから持ってきたんですよね」
「え、本当ですか？」
「はい。ちょっと伸びていましたし」
「へー…」
私はすぐに鞄にしまっていたカーディガンを力の入らない指先で取り出した。
広げてみれば左が少し伸びていた。私はそれを見て、酷く泣きそうになった。
「誰ですか、それ」
「私、今年来たばかりですから良く分かりませんが、上履きの色からして３年の男の子でした」
「３年？　誰だろう」
「髪の毛が結構明るい金髪で綺麗な顔してましたよ」
「ああ、分かりました」
私はまだ続く会話を聞かずに下駄箱へ歩き出した。
泣いていた。寂しくなったからかもしれない。辛くなったからかもしれない。恥ずかしかったからかもしれない。
けどきっと、嬉しかったからだと思う。
下駄箱まで来た私は、思わず声がもれるくらい泣いた。頭の隅では見たこともないその男の子を想っていた。
漠然と。
好きになるならきっとそんな人だろうな、なんて考えていた放課後だった。

「俺、春川さんが好きなんだよね」
目の前にいる男の子は私にそう言って落ち着きなく視線を逸らした。
掃除の時間。チョークの補充に来た私は呼び止められてこうして中庭にいた。
「ご、めんなさい」
私なんかが断るのも生意気だけど、どうしたらいいか分からなかった。
気まずい沈黙が流れる中、いきなりバサリという音が響く。つられるように顔を向けると、足元にごみ袋を落として立ち尽くす、誰か。
(あ…)
ミルクティー色の髪。
綺麗な顔。
少し大きめのカーディガン。
思った。気付いた。
(この人だ)
私のカーディガンを見付けてくれた人。でも相手はカーディガンの持ち主が私だなんて知らないから、苦笑いみたいな表情になってしまった。
その先輩の後ろにまた誰かが姿を見せる。何か話していて、いつまでもここにいるのは恥ずかしくなった私は小さく会釈だけして中庭から立ち去った。
どきどきする胸を押さえながら駆け足で教室へ向かう。
(会えた、…本当に会えた)
高鳴る胸とほころぶ顔が私の心を表している。
けど不思議ともう1つ、あることが頭に浮かんでいたのだ。
"ヒイラギハル先輩"
きっと、いやもしかしたら、嘘、絶対にあの人が柊ハル先輩だ。確信出来るほどの何かがあったわけじゃないけどそう感じた。
想像よりも穏やかで優しく、強い人だった。

そして、
そんな先輩に恋するのは、
ほんのちょっとあと。

私にまた春が来た。

【END】

あとがき

『金魚倶楽部』を最後まで読んで下さってありがとうございます。
作者の椿ハナです。
この『金魚倶楽部』はどこにでもある、けれど、あること自体が異常であるいじめを描いたものです。これを読んで苦しかった記憶を思い出した方もいるかもしれません。
お話の主人公であることちゃんにはモデルがいます。その子は私の先輩です。
けれど、ハル先輩のような存在が彼女の隣にいたわけではありませんでした。
“柊ハル”という存在は私がいて欲しいと願った人物です。
学生は学校にいる時間が長い分、私もそうですが学校が全てのような気持ちになります。
だから学校での出来事が大人から見れば些細なことでも、人生に関わる大きなことに思えてしまったり。
その分、なんでこんなに楽しいんだろうって思うくらい楽しい思い出も多いです。
思い返してみると、高校生活はあっという間でした。
そんな高校生活を描いた『金魚倶楽部』はあまり綺麗なお話ではないですが、自分としては凄く大好きなお話です。
実際には「金魚倶楽部」なんてありません。けど、あったらいいなーと思います。
本作ではことちゃんとハル先輩の居場所として描いていますが、部活動の内容が寝たりお祭り行ったりアイス食べたりなんて単純に羨ましい…。
なんてぐだぐだと語ってしまいましたが、こうして本に出来たことは、ずっと応援して下さった皆様のおかげです。いつも皆様の言葉に助けられています。本当にありがとうございます。
そして『金魚倶楽部』の書籍化にあたって支えて下さった方、ありがとうございます。
本編で描いたいじめは本当のいじめとは言えないようなもので…。現実にあったいじめはこうだったんです、という決して聞いて気分の良い話ではないものを最後まで聞いて下さり、こうして素敵な本へと仕上げて下さったことを本当に感謝しています。
『金魚倶楽部』を読んで、誰が描いた作品で、とか。主人公の名前は、とか。そういうふうに皆様の記憶に残って欲しいなんて大層なことは思いませんが、ふとした瞬間に「あれ、こういうお話があったかもしれない」と思い出してもらえるのなら嬉しいです。

最後にもう一度、感謝申し上げます。

椿 ハナ

第４回　iらんど大賞

「iらんど大賞」は、ケータイ世代と呼ばれる10代～20代前半の自己表現活動を応援し、クリエイターとしてのさらなる成長を願って2007年度に創設した、ケータイクリエイターズフェスティバルです。その中のケータイ小説コンテストである「ケータイ小説部門」からは、読者の共感を生む名作が次々と誕生。映画・DVD・コミック・ゲームなど広くメディアミックスを展開して大ヒットとなった『携帯彼氏』や、NHKで連続TVドラマ化された『激♡恋』などを世に送り出してまいりました。

2010年度に開催された「第4回　iらんど大賞」のケータイ小説部門では、200万タイトルを超える作品が審査対象となり、日本最大級のケータイ小説コンテストとして多くの注目を集めました。本作品を含む7作品が各賞を受賞。受賞作は書籍化、連続TVドラマ化が決定しています。

特設サイトURL
http://ip.tosp.co.jp/p.asp?I=award_4th

本書に対するご意見、
ご感想をお寄せください。

あて先
〒160-8326　東京都新宿区西新宿4-34-7
アスキー・メディアワークス
魔法のiらんど文庫編集部
「椿 ハナ先生」係

魔法の図書館(魔法のiらんど内)

http://4646.maho.jp/

月間35億ページビュー、月間600万人の利用者数を誇る日本最大級の携帯電話向け無料ホームページ作成サービス(PCでの利用も可)。魔法のiらんど独自の小説執筆・公開機能「BOOK機能」を利用したアマチュア作家が急増。これを受けて2006年3月には、ケータイ小説総合サイト「魔法の図書館」をオープンした。ミリオンセラーとなった『恋空』(著:美嘉、2007年映画化)をはじめ、2009年映画化『携帯彼氏』(著:Kagen)、2008年コミック化『S彼氏上々』(著:ももしろ)など大ヒット作品を生み出している。魔法のiらんど上の公開作品は現在200万タイトルを超え、書籍化された小説はこれまでに360タイトル以上、累計発行部数は2,400万部を突破。教育分野へのモバイル啓蒙活動ほか、ケータイクリエイターの登竜門的コンクール「iらんど大賞」を開催するなど日本のモバイルカルチャーを日々牽引し続けている。(数字は2010年12月末)

Profile

椿 ハナ Hana Tsubaki

東京都在住。カフェめぐり好きで、
古代遺跡好き。かなりの読書家で特
に好きな作家は夏目漱石。

椿ハナHP「heroism」
http://ip.tosp.co.jp/i.asp?I=hanatubaki00

金魚《きんぎょ》倶楽部《くらぶ》

2011年5月25日　初版発行

著者
椿 ハナ

装丁・デザイン
和田悠里（スタジオ・ポット）

表紙写真
土屋文護

発行者
高野 潔

発行所
株式会社アスキー・メディアワークス
〒160-8326　東京都新宿区西新宿4-34-7
電話03-6866-7324（編集）

発売元
株式会社角川グループパブリッシング
〒102-8177　東京都千代田区富士見2-13-3
電話03-3238-8605（営業）

印刷・製本
凸版印刷株式会社

ISBN978-4-04-870507-3 C0093